AF206132

Mélodie

Zugvögel

*Sind wir nicht alle auf der Suche
nach unserem Platz?*

Sophie Matou

Mélodie

Zugvögel

Novelle

Bibliografische Information der
Deutschen Nationalbibliothek:
Die Deutsche Nationalbibliothek verzeichnet
diese Publikation in der Deutschen National-
bibliografie; detaillierte bibliografische Daten
sind im Internet über http://dnb.dnb.de
abrufbar.

© 2018 Sophie Matou

Herstellung und Verlag:
BoD – Books on Demand, Norderstedt

ISBN 978-3-7481-6883-6

Inhalt

I Säcke entsorgen

Wir schauen auf ein verschlafenes Dorf im südlichen Schwarzwald, nennen wir es Berghausen, vor nicht allzu langer Zeit. Die Menschen dort kannten sich gut und wussten allerhand voneinander zu berichten. Sie alle hatten ihre Sorgen, Geheimnisse, Freuden und Hoffnungen. Manche hatten sogar Träume. Es gab drei Läden, zwei Kneipen und eine Kirche. Im Alltag geschah kaum Nennenswertes, daher war es praktisch, dass unweit des Dorfes, am Ende eines verschlungenen Waldpfades, eine kleine Hütte stand. Dort lebten bis vor zwei Jahren zwei Frauen, die ganz und gar nicht den örtlichen Gepflogenheiten entsprachen und für so manchen Gesprächsstoff sorgten. Süffisant nannte man sie "das alte Weib und das Mädchen".

Kaum jemand besuchte die beiden. Das Hüttchen lag oberhalb des Dorfes fernab der Landstraße inmitten von Wiesen und Wäldern und nahe eines Sees, um den es zahlreiche Mythen gab. Es war ein Hochmoorsee, von Nadelbäumen umsäumt, dunkel und von unheimlicher Stille umgeben. Wenn man lange genug die Oberfläche betrachtete, so konnte er Geheimnisse ans Licht bringen und manchmal, in seltenen Mondnächten, sah man bis auf den Grund. Er sei die Pforte zu einer anderen Welt, so erzählten sich die Einheimischen seit Jahrhunderten. Niemand stieg freiwillig hinein. Wie sollte es da verwunderlich sein, dass allerhand Geschichten grassierten über das Mädchen, das zur Frau wurde und immer wieder wie Phönix aus der Asche dem Moor entstieg. Ihr Name war Mélodie.

Mélodie tobte. "Zut alors, verflixt nochmal, so ein gequirlter Mist!", schimpfte sie lautstark und warf die alte Postkarte wütend in eine Ecke der Wohnstube. Kluge Sprüche aus längst vergangenen Tagen waren das Letzte, was sie jetzt brauchen konnte. Ratschläge aus einer Zeit, in der sie sich sicher und geborgen fühlte, damals, als Pauline der rote Faden ihres Alltags war. Die junge Frau wollte Schränke ausmisten und war völlig durcheinander. Nicht einmal der Kräutertee nach dem Rezept der verstorbenen Großtante konnte sie beruhigen. Es herrschte Chaos. Sie war umgeben von Kleidern, Büchern, einer Schatulle mit alten Briefen und ihrem Schmerz, als jemand an die Türe klopfte. Instinktiv löschte sie die Kerze, die auf dem Küchentisch stand und wagte es nicht einmal zu atmen. Für einen Moment herrschte Totenstille. "Mélodie, mach' auf! Ich bin es, Hannes." Schleichend ging sie zur Türe und warf einen Blick durch ein Astloch. Wenn es um Männer ging, war sie vorsichtig. "Sie sind wie die Jäger!", schossen ihr Paulines mahnende Worte durch den Kopf. "Aber nicht mit mir!", rebellierte sie im Stillen.

Es war Frühjahr, die Dämmerung hatte eingesetzt und sie konnte nichts erkennen. Mélodie war es nicht gewohnt, Besuch zu bekommen, erst recht nicht, seit sie allein lebte. Hierhin verirrte sich sonst allenfalls ein Reh oder eine Horde Wildschweine, um ihren Garten zu durchwühlen. Nicht einmal Mark, der Platzhirsch des Dorfes ließ sich noch blicken, seit Pauline ihn vor Jahren schimpfend und mit einem Besenstiel drohend fort jagte. Seine Ohren färbten sich rot und dann rannte er, als ginge es um sein Leben. Eigentlich fand sie Mark ganz süß in seinem weißen Poloshirt und der Margerite im Knopfloch, und sie lächelte kurz in sich hinein, als sie sich an seinen Anblick erinnerte. Da erklang von draußen eine Melodie, die ihr nur allzu vertraut war. Nach den ersten Tönen schlug ihr Herz höher und sie konnte wieder durchatmen. Für einen Augenblick vergaß sie die Not des Tages und strahlte. Auf beiden Seiten der Türe schlugen zwei Herzen vertraulich im Takt und fühlten sich nahe. Sie lauschte noch einen Moment, wiegte sanft ihren Körper und öffnete die Türe. "Mach' das nie wieder! Du hast mir einen Schrecken eingejagt.", begrüßte sie Hannes aufgewühlt und fiel ihm um den Hals. "Nicht so stürmisch, junge Frau. Das bin ich nicht mehr gewohnt.", zwinkerte er ihr zu. Sie verharrte einen Augenblick und bemerkte, dass Hannes mit seinen knapp sechzig Jahren noch immer attraktiv war. Die grauen Haare, sein gepflegter Fünf-Tage-Bart und seine wachen Augen gepaart mit dem friesischen Akzent machten ihn zu einer interessanten Erscheinung. Die beiden kannten sich seit etwas mehr als einem Jahr. Damals setzte er sich wortlos ans Ufer des Sees und spielte versonnen auf seiner Mundharmonika.

Sie selbst war Mitte zwanzig und von heute auf morgen allein. Soweit sie zurückdenken konnte, gab es für sie immer nur Pauline, die Frau, die sie seit ihrem fünften Lebensjahr liebevoll großgezogen hatte. Die Frau, um die sie sich liebevoll kümmerte, bis sie mit 85 Jahren in ihren Armen verstarb. Für Mélodie war sie Ersatzmutter, Halt und das Zentrum ihrer Welt. Sie prägte ihr Denken, ihr Handeln, ihr Fühlen. Sie sah das Leben durch Paulines Augen, denn einen anderen Blick auf die Dinge hatte sie kaum kennengelernt. Pauline gab ihr Antworten auf fast alle Fragen. Nur ein paar wenige blieb sie ihr schuldig.

Die beiden Frauen lebten all die Jahre in völliger Abgeschiedenheit. Mélodie hatte kaum eine Erinnerung an den Tag, an dem sie wie ein Mündel bei ihr abgegeben worden war und bis heute blieb. Von Anfang an war sie anders als die anderen Kinder hier. Ihre Gestalt wirkte zartgliedrig und zerbrechlich. Mit Worten war sie sparsam. Ihr Wesen war scheu, tiefgründig und verschlossen. Verträumt hängte sie ihren Gedanken nach, und es verging kein Tag, an dem sie nicht alleine durch den Wald bis zur kleinen Lichtung am See lief, um hinein zu springen. Dort lag sie oft stundenlang im Wasser und blickte in den Himmel. Sie beobachtete die Vögel, lauschte dem Surren der Insekten oder tauchte arglos bis zum düsteren moorigen Grund des leblos wirkenden Sees. Mélodie hatte keine

Furcht vor der Tiefe. Es waren diese Momente, die ihre Kindheit reich machten. Sie fühlte sich eins mit allem, was sie umgab.

Manchmal, in den Sommermonaten, wenn sie die Zeit vergaß, kam sie erst mitten in der Nacht nach Hause und Pauline blieb ruhig. Im Schutz der Natur war Mélodie sicher, das wusste die weise Alte. Wenn die Nacht am Dunkelsten war und das Mädchen dem Gesang der Nachtigall lauschte war sie versöhnt mit der Welt. Im Winter saß sie oft im Mondschein am Ufer und vermisste den tröstlichen Zuspruch der nächtlichen Freundin. Dann spürte sie erstmals eine unbestimmte Sehnsucht in sich erwachen.

Mélodie erfreute sich bester Gesundheit, wenngleich ihre Haut hell und durchscheinend war und sie aussah, als könnte der kleinste Windstoß sie umwerfen. Einen Schnupfen kannte sie nicht. Bald besuchte sie die Schule des nächst gelegenen Bergdorfes. Die Puppe, wie die Kinder sie nannten, lebte auch dort in ihrer eigenen Welt und war für die anderen Kinder kaum erreichbar. Sie galt nach kurzer Zeit als ebenso sonderbar wie die verrückte Dorfalte, bei der sie lebte. Paulines Ruf war legendär. Sie war schrullig und abweisend gegenüber Fremden und ging niemals zur Kirche. Doch seit Carmen, die Frau des Pfarrers, Paulines Heilkünste in Anspruch nahm, war die Alte bei den Dorfbewohnern akzeptiert. Ihre Kräuterkenntnisse waren einzigartig und Carmens offenes Bein heilte rasch. Hebammen standen vor ihrer Tür und holten sich

Salben, Tees oder Auflagen, um so manchen Schmerz zu lindern und nicht selten schickte Carl, der alte Landarzt, einen Boten, um nach Kräutern für jegliches Leiden zu fragen. Man kann sagen, Pauline genoss Ansehen. Sie war eine Heilerin, die das Wissen vieler Generationen in sich trug. Und seit Mélodie den Deutschunterricht um phantasievolle Geschichten bereicherte, ließ Anne, die Grundschullehrerin, sie in Ruhe träumend aus dem Fenster schauen, während sie den anderen Kindern den Genitiv näherbrachte. Mélodie konnte ungestört ihre Schulzeit durchleben, immer am Rande des gesellschaftlichen Lebens, immer in der Natur und immer glücklich. Damit das Mädchen ab und an mit Kindern spielen konnte, lud die Alte gelegentlich Linda und Helene ein, die Töchter der Gemüsefrau. Diese Nachmittage verliefen stets auf ähnliche Weise. Erst spielten die drei ein Würfelspiel, dann gingen die beiden Geschwister enttäuscht und mit einer Kakaoschnute wieder Nachhause und erzählten den anderen Kindern, dass die Puppe schummele. Tatsächlich gewann Mélodie fast jedes Spiel. Es gelang ihr durch einen Trick, den Pauline ihr eines Abends vor dem Einschlafen verriet. Sie sollte die Augen schließen und vor ihrem geistigen Auge sehen, was sie sich von Herzen wünschte. Und dann daran glauben, dass es geschehen würde. Mélodie nahm sich Paulines Weisheiten zu Herzen und übte oft heimlich im Stillen. Es klappte nicht bei allem, die größten Erfolge hatte sie beim Würfeln. Auch beim Erfüllen von kleinen Alltagsfreuden war sie eine wahre Meisterin, wie dem Herbeiwünschen ihrer Leibspeise, Pfannkuchen mit Buchenblättermus. Der Rest war ausbaufähig.

Mélodies Freude war ansteckend. Alles was sie tat, tat sie mit Hingabe. Beim jährlichen Dorffest zur Sommersonnwende spielte ein Akkordeonist und die Kinder tanzten ums Feuer. Mélodie tanzte wilder und jauchzte heller als alle, und ihre zügellosen Bewegungen wurden eins mit der Musik. Mit geschlossenen Augen drehte und drehte sie sich und behielt dabei immer die Orientierung. Mit dreizehn Jahren war sie das letzte Mal dort. Das Ende ihrer Kindheit war eingeläutet. Die Alte wollte die Unbedarftheit des Mädchens vor den lüsternen Augen der Männer und den vorwurfsvollen Blicken der Frauen schützen. Sie schob es auf ihr fortschreitendes Alter und ihre müden Knochen, wenn Mélodie fragte, warum sie diese Nacht von nun an im eigenen Garten verbrachten und dem heiteren Dorftreiben von Weitem lauschten. Es war auch die Zeit, in dem die beiden von ihrem Bauwagen am Ortsrand in die entlegene Hütte im Wald zogen. Mélodie brauchte mehr Raum, um heranwachsen zu können, meinte Pauline. Und mehr Distanz zu den Dorfbewohnern kam der Alten dabei gerade recht.

Alles was die Junge über die Natur wissen musste, lernte sie von Pauline. Sie kannte jeden Baum, jedes Kraut mitsamt seiner Wirkung und kein Tier lebte unerkannt inmitten der beiden. Gesteine und Mineralien ordnete sie zu wie andere Kinder Bundesländer und ihre Hauptstädte. Sie lehrte dem Mädchen alles über die Kunst des Heilens, die die Frauen ihrer Familie von Generation zu Generation weitergaben. So wie sie es selbst von ihren Vorfahrinnen gelernt hatte und so, als wäre sie ihre leibliche Tochter. Wenn das Wissen der Alten einmal nicht genügte, um die Neugier der Jungen zu stillen, dann schickte sie sie in die Gemeindebücherei, um sie satt zu bekommen. Dort fand Mélodie nicht nur Lexika über Phytologie und Physiognomie sondern auch Bücher mit alten Geschichten über Götter und Helden, Feen und Königreiche. Aber wenn sie über Frauen und die Liebe las, wurde sie immer ganz still.

So kam es, dass Mélodie die Ziehmutter von Zeit zu Zeit nach ihren Wurzeln fragte. Wenn sie abends am Kaminfeuer saßen und über das Leben sprachen, erzählte ihr die Alte oft vom Tag ihrer Ankunft im Schwarzwald. Einmal kam sie mit der Post, einmal in einem roten Cabriolet und einmal schwamm sie mutig über den Rhein, dann durch kleine Flüsse und Bäche entlang der Wälder bis sie schließlich in ihrem Lieblingssee landete und die Kleine liebte diese Vorstellung besonders. In jeder dieser Geschichten hatte sie französische Wurzeln. Das war nicht verwunderlich, denn Pauline war unverkennbar französischer Abstammung, obwohl sie seit Jahrzehnten im Schwarzwald lebte. Sie begrüßten sich mit einem fröhlichen "Salut!" und das Mädchen nannte die Ersatzmutter schlicht "Maman". Mélodie wuchs zweisprachig auf und hatte auch im Deutschen einen charmanten Akzent. Mit den Jahren registrierte sie, dass die Großtante in großen Abständen Karten und Briefe aus Frankreich erhielt. Sie waren von entfernten Verwandten, wie Pauline ihr erklärte, die sich von Zeit zu Zeit meldeten, um sich nach den beiden zu erkundigen. Pauline machte kein Aufhebens darum und so hatte es auch für Mélodie zunächst keine Bedeutung. Die beiden genügten sich oft genug auch schweigend. Aufs Schweigen verstanden sie sich besonders gut und immer lag ein Einverständnis mit dem anderen darin, jedenfalls fast immer. Einmal legte Mélodie Holz im Kaminofen nach und summte selbstvergessen ein Lied vor sich hin. Den Refrain trug sie Zeit ihres Lebens in sich und die Verse klangen nach kindlichem Kauderwelsch. Pauline kam zur Türe herein und blieb wie angewurzelt stehen. Sie starrte sie an als hätte sie einen Geist gesehen und es wäre nicht verwunderlich gewesen, wenn sie in Ohnmacht gefallen wäre, so blass wurde sie. Mélodies Gesang erstickte. Sie fühlte sich, als hätte sie von einer verbotenen Frucht gegessen. Die beiden verharrten einige Augenblicke reglos. "Manche Lieder bleiben besser ungehört.", dachte Mélodie. In diesem Schweigen lag Unverständnis.

Mit den Jahren wuchs Mélodie zur Frau heran und war von atemberaubender Schönheit. Wo auch immer sie auftauchte, verstummten die Menschen bei ihrem Anblick. Vielleicht ahnten sie die Unbedarftheit ihrer Seele, vielleicht spürten sie die wilde Ungezähmtheit ihrer Natur. Niemand konnte sich ihrer Ausstrahlung entziehen. Mélodie senkte dann stumm ihren Blick. Mit ihrer Weiblichkeit erwuchs die Neugier auf das Leben und ihre Fragen häuften sich. Sie gab sich mit Kindergeschichten nicht länger zufrieden.

"Maman, woher komme ich? Wer sind meine Eltern? Warum bin ich hier? Warum bin ich nicht wie die anderen?", fragte sie oft. Viel war es nicht, was Pauline über Mélodies Herkunft preisgab. Die Alte hatte eine Schwester. Ihr Name war Rose. Sie war Mélodies Großmutter. Roses Tochter hieß Fleur und war Mélodies leibliche Mutter. Das war alles, was sie ihrem Mündel über ihre Familie erzählte.

"Deine Eltern lieben dich.", versuchte sie Mélodie zu beschwichtigen.

"Wo sind sie?", fragte die Junge weiter.

"Das weiß der Wind." Paulines Antworten waren wenig hilfreich. Mélodies innere Zerrissenheit wuchs mit jedem Jahr. Melancholie legte sich über ihr Gemüt und verlieh ihrem Blick eine Tiefe, um die alle einen Bogen machten, die sie kannten. Sie fühlte sich nirgendwo zugehörig, war einsam und spürte Paulines mit den Jahren wachsende Sorge um sie.

"Was mache ich, wenn du gehst, Maman?"

"Du bleibst, wo du Zuhause bist und tust, was du am besten kannst. Du bist eine Heilerin, genau wie ich.", sagte sie knapp und widmete sich dem Trocknen der Lavendelblüten. Niemand konnte erahnen, was sich hinter ihrer schrulligen Fassade abspielte, wenn Pauline es nicht wollte.

Mélodies Fragen verstummten als Pauline zunehmend körperlich abbaute. Doch ihre Seele schrie nach Antworten. Die suchte sie Zuhause in Büchern und Postkarten, die sie in der Küchenschublade fand. Am See stellte sie ihre Fragen dem Moor, der Nachtigall und den Sternen. Oft saß sie am Ufer und betrachtete ihr Spiegelbild, und wenn sie lange genug hineinschaute, sah sie das Bild einer strahlenden jungen Frau mit langen schwarzen Haaren, roten Lippen und einem bezaubernden Lächeln. "Mélodie, mein Liebes!" hörte sie ihr Flüstern und erkannte ihre leibliche Mutter, deren Augen schwarz waren wie die Nacht und ihre Haut von mediterranem Teint. Sie kannte sie aus nächtlichen Träumen. Dann sah sie ein Kind, das am Strand umhersprang und die Mutter, die es rief. Es waren Bilder aus glücklichen Tagen. Vielleicht war es aber auch nur die Sehnsucht nach einem Menschen, den sie ihr Lebtag vermisste. Tränen rannen in diesen Momenten über ihre Wangen in die ruhige Wasseroberfläche, und als ihr Blick wieder hineinfiel, erkannte sie kein Spiegelbild mehr, sondern nur noch den düsteren Grund. "Hormonelle Dysbalance.", stellte sie trotzig und voller Selbstironie fest. Ihr feiner Sinn für Humor wich allmählich einer Bitterkeit, erst recht, seit Pauline nicht mehr war. An ihrem letzten gemeinsamen Abend bat Pauline, ihr eine kleine Schachtel aus der alten Kommode zu bringen. Darin befand sich ein steinernes Amulett an einem Lederband. Seine Gestalt erinnerte an einen Elefanten. Mélodie hatte es vor Jahren einmal zufällig entdeckt. Es lag noch immer an derselben Stelle, wohl bis seine Zeit gekommen war. Pauline überreichte ihr das Amulett und umfasste dabei ihre Hände. Sie fing Mélodies unruhigen Blick ein. "Trag' es bei dir. Es soll dir Schutz und Erkenntnis schenken.", flüsterte sie mit gebrochener Stimme. Mélodie nickte stumm, legte sich das Amulett um den Hals und beide sahen sich tief in die Augen. Ein letztes Mal verstanden sie sich ohne weitere Worte. "Summ' noch einmal dieses Lied. Diesmal für mich.", bat sie Mélodie, ehe sie ihren letzten Atemzug machte. Die Nachtigall hörte es und feierte ihre Heimkehr. Das war im Frühjahr letzten Jahres.

"Wo hast du gesteckt heute Morgen?", riss Hannes sie aus ihren Gedanken. Er hatte sie noch nie zuvor in ihrer Hütte besucht und war sichtlich erleichtert, als sie heil vor ihm stand. Besorgnis lag in der Stimme des sonst eher fröhlichen Freundes. Die Saison hatte erst begonnen. In den letzten Wochen war Mélodie jeden Donnerstag vor Sonnenaufgang an der Lichtung am See, ihrer Bühne des Lebens, wie sie ihr lauschiges Plätzchen selbst getauft hatte, immer bis auf heute. Er schaute sich in der gemütlichen Wohnstube um, das Kaminfeuer brannte, es standen mehrere Schränke offen und auf dem Boden lagen Kleider, Stoffe, Kartons und allerhand Bücher zerstreut. Erst jetzt sah er, dass sie in einem jämmerlichen Zustand vor ihm stand.

Ihre schwarzen hüftlangen Haare fielen ihr strähnig übers Gesicht, ihre großen grünen Augen waren verquollen und die Haut wirkte noch blasser als sonst. Die 26 jährige wirkte kaum älter als 16. "Ich sollte öfter ein Moorbad nehmen.", schmunzelte er in sich hinein. "Hannes, ich kann nicht mehr. Ich bin so wütend!" Ihr plötzlicher Gefühlsausbruch kam für ihn nicht überraschend. Er beobachtete seit langem, dass sie sich verändert hatte. Seit er sie kannte, lebte sie isoliert von der Dorfgemeinschaft jenseits der Zivilisation. Sie hatte sich ihr eigenes überschaubares Leben aufgebaut seit Paulines Tod. Den Kräutergarten pflegte sie akribisch, stellte Salben und Tees her, die sie einmal pro Woche auf dem Markt des Nachbarortes verkaufte. Soweit folgte sie dem Auftrag der Großtante. Doch kaum jemand besuchte sie Zuhause, um ihre Heilkenntnisse in Anspruch zu nehmen. Anders als Pauline wurde Mélodie gemieden. Und durch ihre abweisende Art trug sie nicht gerade dazu bei, dass die Menschen ihre Nähe suchten. Ihre Einnahmen reichten gerade, um zu überleben.

Im Gegensatz zu Mélodie fand Hannes schnell seinen Platz in Berghausen. "Sie kennen den Wunschbrunnen in Rom?" fragte Kübler ihn, als er ihn im Frühjahr letzten Jahres in der Dorfkneipe traf. Karsten Kübler war ein junger engagierter Beamter aus der benachbarten Gemeinde. Als Kulturamtsleiter wollte er aus dem See ein Publikumsmagnet machen. Ein Imagewechsel sollte eingeläutet werden. Seine Idee brachte er von seiner letzten Italienreise mit. "Was liegt näher, als im schönen Schwarzwald mit seinen sagenhaften Geschichten und Mythen einen Ort zu erschaffen, der Wünsche wahr machen kann? Die Kollegen vom Mummelsee werden staunen.", schwärmte er. "Eine Nixe haben wir ja schon, die gelegentlich dort auftaucht. Für die Männerträume, sie wissen schon. Und für die Damen wird es jetzt romantisch. Eine Münze ins Moor geworfen erfüllt einen Herzenswunsch, zwei Münzen lassen eine Hochzeit winken und bei drei Münzen wartet die ganz große Liebe. Was meinen Sie?" Kübler hatte den Zeitgeist erfasst. Die Menschen brauchten wieder etwas, woran sie glauben konnten. Einen Ort, der Sehnsüchte weckt oder gar stillt. Hannes lebte damals erst seit kurzer Zeit in Paulines verlassenem Bauwagen am Rande des Dorfes. Er hatte eine Vergangenheit, die er endlich hinter sich lassen wollte. Kübler bot ihm an, ein Café am See zu eröffnen. "Von März bis Oktober ist Wandersaison. Wir stellen Ihren Bauwagen direkt auf die Lichtung am See und bauen eine Holzterrasse davor. Ein paar Geranien hier, etwas Schwarzwälder Kirschtorte dort. Die Aussicht auf Erfüllung von Herzenswünschen gibt es als gratis Dessert. Was braucht ein Wanderer mehr zu seinem Glück?", strahlte er Hannes erwartungsvoll an. Der Friese hatte in seinem Leben als Bootszimmerer schon allerhand Verrücktheiten erlebt, ob auf hoher See oder an Land. Zuletzt war er Besitzer einer Frittenbude in Hamburg. Der Gedanke, auf so eigenwillige Weise sein neues Leben zu beginnen, reizte ihn. Er sagte spontan zu und machte sich mit dem Gelände vertraut. Es gab nur eine Stelle am Seeufer, die sich eignete für das Café. Dichtes Unterholz und Felsen machten die anderen Seiten unzugänglich. Dort war auch der einzige Steg, an dem Mélodie sich oft aufhielt.

Und dort sah er sie zum ersten Mal. Es sollten aber noch Tage vergehen, ehe sie ihm ihre Aufmerksamkeit schenkte, Wochen, bis sie ihn in ihre Nähe ließ. "Die lässt niemanden an sich heran. So schnell kannst du nicht gucken, wie die abtaucht. Man sieht sie kaum noch im Dorf. Aus der Hütte im Wald steigt an kalten Tagen ab und an Rauch auf, und gelegentlich kommt sie bei Hanne vorbei und kauft Gemüse.", klärte ihn Ernst, der Kneipenwirt auf. Wo die Hütte stand, wollte ihm niemand so genau beschreiben und so wartete er tagelang immer wieder am Rande des Ufers im Schutze der Bäume, bis er sie entdeckte. Zuerst bemerkte er eine Woge an der Wasseroberfläche. Dann sah er ihr zartes Gesicht langsam auftauchen. Sie schaute verloren gen Himmel. Behutsam näherte er sich. Nun wusste er, wovon Kübler sprach und fühlte sich für einen Moment selbst wie der Entdecker eines Fabelwesens. Ihr Anblick berührte ihn auf ungewohnte Weise. Ihre Anmut war mit nichts zu vergleichen und er brauchte noch eine Weile, um sich sammeln. Doch sie ignorierte all seine Bemühungen, Kontakt aufzunehmen. Das Café war längst eröffnet. Eines Abends, als der See still und einsam dalag, saß er am Ufer und stimmte auf seiner Mundharmonika sanft eine Seemannsweise an. Er glaubte, allein zu sein. In ihrem nassen weißen Hemd saß sie auf dem Holzsteg auf der anderen Seite des Sees, als sie zu ihm herübersah. Lautlos ließ sie ihren Körper ins Wasser gleiten und war minutenlang verschwunden, ehe sie erneut den Kopf unter dem Steg herausstreckte. Ihre Neugier war geweckt und ihr Blick suchte seine Augen. "Sie sind wie die Jäger!", fiel ihr Paulines Ermahnung ein. Doch ihr Körper ignorierte den Wink vergangener Tage, wiegte sich im Rhythmus der Melodie und sie fühlte sich wunderbar. Frech zwinkerte sie ihm zu. Das war ein Anfang. Die beiden verstanden sich wortlos. Hannes Martinson hatte sich mit seiner Mundharmonika einen Platz in Mélodies Herzen erobert, noch ehe der Refrain einsetzte. Wunder geschehen meist ohne viel Aufsehens aber niemals unerwartet. Sie waren bald schon Vertraute.

Tatsächlich wurde Küblers Projekt ein voller Erfolg. Innerhalb kurzer Zeit wurde der Wünschesee zum Pilgerort für Wanderer aus dem gesamten süddeutschen Raum. Möglicherweise lag es an den herrlichen Torten der Dorfbäckerei, an Küblers Werbekonzept oder an Hannes' aufgeschlossener Art, dass bald schon die ersten Reisebusse ankamen, um das Seecafé aufzusuchen. Am ehesten aber ist der Erfolg den digitalen Medien geschuldet. Hier verbreiteten sich Mysterien schneller denn je. "Taucher entdecken Süßwasserperlen auf dem Grund eines Moorsees", lautete eine Schlagzeile auf einem Onlineportal. "Kannst du jetzt schon Perlen weinen?", neckte Hannes Mélodie. Er amüsierte sich über ihren fragenden Blick und beließ es dabei. Mélodie sollte von all dem Medienrummel verschont bleiben. Sie lebte in ihrer eigenen Welt. Einmal hatte Inge, eine 45 jährige Besucherin aus dem Allgäu, auf der Internetseite der Kommune "Wünsche an die Anderswelt" einen Kommentar hinterlassen: *"Ich machte einen Sonntagsausflug mit meinem Mann. Unsere Ehe hing an einem seidenen Faden und ich wollte mich seit langem von ihm trennen. Eigentlich habe ich nur eine Münze in den See geworfen, weil das dort alle tun. Ich selbst glaubte nicht an Wunder. Mein Wunsch war einfach. Herbert sollte mit dem Trinken aufhören, dann würde ich mir überlegen, bei ihm zu bleiben. Herbert wünschte sich nichts. Auch das wunderte mich nicht. Wir saßen noch eine Weile bei einem Stück Torte in der Abendsonne. Bald waren wir die letzten Gäste. Der Wirt packte zusammen und ich ging zum Auto. Da kam Herbert im Eilschritt hinterher, im Gesicht noch ganz blass vor Schreck. Er fuhr eilig davon und sprach die ganze Fahrt über kein Wort mit mir. Was soll ich Euch sagen? Wir fuhren einem neuen Leben entgegen! Von diesem Tage an trank Herbert keinen Tropfen Alkohol mehr. Er fing wieder an zu joggen und wir gehen jeden Monat zusammen ins Theater. Ich bin eine glückliche Frau und habe mich neu in meinen Mann verliebt. Sechs Monate ist das alles her und ich glaube wirklich, wir können es schaffen. Vor kurzem gestand er mir, er habe eine Erscheinung gehabt, als er damals am*

Seeufer stand. Eine Nymphe habe ihn lange ange-
schaut, ehe sie im Wald verschwand. Danach habe
er seinen letzten Cognac weg geschüttet ... Danke
dafür!" Der Kommentar wurde mehrere Tausend
Male geteilt. Die Besucherzahl stieg rasant. Manche
versprachen sich Zerstreuung, einige Erholung, die
meisten erhofften sich Liebesglück oder Heilung
von diesem eigenwilligen Ort und die Zahl der
Wunder, die sich scheinbar ereigneten, stieg stetig.
Ein Schnappschuss von der kühlen Schönheit aus
der Naherholung war ebenfalls Grund genug für
eine Wanderung im Grünen. "Des Menschen Wille
ist sein Himmelreich. Der Mensch glaubt nunmal,
was er glauben will.", brummte Hannes vor sich
hin, als er die Online-Kommentare gelegentlich
verfolgte.

Anfangs half ihm Mélodie bei der Bewirtung
der Besucher. Nach wenigen Wochen kam sie nur
noch, um Hannes mit Kräutergebäck, Tees und Sei-
fen für seinen Verkaufsstand zu versorgen, spät in
der Dunkelheit oder ehe die Sonne aufging. Seit die
Besucher ihre Wünsche in den See hineinwarfen
konnte sie dort keinen Trost mehr finden. Es war,
als trüge er die Sehnsucht dieser Welt in sich. Und
Hannes' Freundschaft war zwar Seelenbalsam für
Mélodie, aber sie stillte nicht ihre Einsamkeit. An
seltenen guten Tagen posierte sie verstohlen von
der anderen Seite des Ufers oder schickte mal lusti-
ge, mal verheißungsvolle Blicke an verwunderte
Touristen. Gelegentlich versteckte sie Badenden
die Kleider und hatte einen Heidenspaß, wenn sie

halbnackt ums Café huschten. Meist waren es junge Männer, die frierend und zeternd an Hannes' Tresen auftauchten. Hannes grinste, verwies sie auf das Badeverbot und schenkte ihnen ein versöhnliches Wort und einen Kräuterlikör. An schlechten Tagen verbarrikadierte sie sich in ihrer Hütte und wollte keine Menschen Seele sehen. Diese Tage häuften sich, seit die Touristen immer öfter in Scharen mit Bussen von weit her reisten. Sie überschritten zunehmend die Grenzen der Wanderwege und die Grenzen des guten Geschmackes. Männer jeden Alters machten Mélodie mehrdeutige Angebote. Wenngleich sie keines davon annahm fühlte sie sich, als verkaufe sie ihre Seele an einem Ort, der ihr einst Zuflucht bot. Sie wusste um ihre Wirkung auf die Männer. Es war schon zuviel, ihnen ein Lächeln zu schenken. Und so wurde sie barscher, stiller und noch in sich gekehrter. Bald hatte sie den Ruf einer launischen Walküre, obwohl kaum jemand sie kannte. Die seltenen Momente, in denen sie selbstvergessen im Mondschein badete waren nur noch möglich, wenn Hannes in ihrer Nähe war. Er war scheinbar der einzige Mann, der ihr nahe sein konnte, ohne sich ihr ungebührlich nähern zu wollen und ihm vertraute sie blind. Sie liebte ihn wie einen Vater, ohne zu wissen, wie sich das anfühlte. Er machte nur Versprechungen, die er halten konnte und er wusste immer, mit welchen Klängen er ihre Seele zum Strahlen bringen konnte. Hannes war ihr Vertrauter von Anfang an.

Kein Mann konnte wirklich zu ihr hindurch

dringen, so viele es auch versuchten. Je mehr ihre Sehnsucht nach Zweisamkeit erwuchs, desto mehr wich sie vor ihnen zurück. Für Hannes blieb sie bei aller Liebe ein Mysterium. "Versteh' einer die Frauen.", dachte er oftmals und zog kopfschüttelnd an seiner Zigarette. An so manchen lauen Abenden des vergangenen Sommers machte Hannes es sich an einem Felsen bequem. Er sang Seemannslieder, die von Fernweh erzählten, spielte melancholische Weisen auf seiner Mundharmonika und ließ sein Leben gedanklich Revue passieren. Mélodie tanzte selbstvergessen und beide fühlten sich weit weniger allein. In diesen Momenten hätte Hannes sich nicht gewundert, wenn Odysseus mit seinen Männern in Kajaks vorbei gerudert wäre. Wenn er Mélodie ansah, erschien sie ihm selbst wie der Lockruf der Sirenen aus einem Mythos längst vergangener Zeiten.

Doch vor wenigen Tagen begann die zweite Saison am Café am See. Vieles hatte sich seit dem ersten Sommer geändert. Aus der Leichtigkeit eines Neuanfangs wurde für Hannes Pflichterfüllung und Massenabfertigung. Mélodie ließ sich tagsüber am See überhaupt nicht mehr blicken. Ihr Lebensraum wurde enger und sie fühlte sich wie ein Tier, das in die Enge getrieben wird. Dieses Gefühl war ihr nicht unbekannt. Hannes schaute sie lange an.

"Was war denn los heute?", fragte er genauer nach.

"Ich war schwimmen heute Morgen in der Dämmerung. Das Wasser war klar. Ich genoss die Stille. Plötzlich sah ich über mir ein vertrautes Gesicht.

Mit einem Freudenschrei tauchte ich auf. Da fragte mich so ein dämlicher Blondschopf: 'Entschuldigen Sie. Sind Sie die Nixe vom Schwarzwald?' Ich habe ihn angeschrien: 'Nein, Sie Vollidiot! Ich bin die Nixe vom Böhmerwald!"

Nun war es Hannes, der sie spontan umarmte und es lag Erleichterung darin. Er liebte es, wenn sie scherzte. Das machte alles leichter. Beide genossen den kurzen innigen Moment. Sie ahnten, dass nach diesem Abend nichts mehr sein würde wie es war und ein Gefühl von Abschied beschlich sie. Sein fragender Blick wanderte zu den Kisten. "Ich räume auf mit meinem alten Leben.", erklärte sie kurz und holte ein Herrenjackett, einige Badehosen und Postkarten aus ihren Kisten. "Gut so, meine Kleine.", erwiderte er ruhig und machte es sich auf der Eckbank gemütlich. Sie kam ihm vor wie eine aus dem Paradies Vertriebene. Er schaute ihr direkt in die Augen. "Und wer ist dein Adam?"

"Wie... wie bitte?"

"Wen hast du heute Morgen erwartet?"

Mélodie ging wortlos zum Herd und setzte einen Topf mit heißem Wasser auf. Sie griff nach einem Beutel mit getrockneten Kräutern und bereitete eine frische Kanne Tee zu. Ein angenehm süßlicher Duft durchzog den heimeligen Raum. Das Knistern des Holzofens und das Ticken der Wanduhr betonten die Stille. Sie zündete die Kerze wieder an und setzte sich zu ihm. In seiner Nähe entspannte sie sich spürbar. Gemeinsam schwiegen sie für eine Weile.

Dann begann sie zu erzählen. Zum allerersten Mal erzählte sie einem Freund aus ihrem Leben. Er hörte aufmerksam zu ohne seine Frage aus den Augen zu verlieren und mit jedem Schluck Tee begann er die rätselhafte Gestalt vor sich ein wenig mehr zu begreifen. Sie schilderte ihr Leben mit Pauline jenseits aller Konventionen, ihre Suche nach ihrem Platz, ihre Hoffnung auf die Liebe. Sie sprach vom Wesen der Männer, vom Wesen der Frauen, von französischen Wurzeln und heilenden Kräutern, von Mythen und wie sie sich die Welt zusammenreimte, und das auf so lebendige Weise, dass Hannes gelegentlich der Mund offenstand. Er sah aus, als zöge ihr Leben an seinem inneren Auge vorbei wie in einem Film und sie registrierte das gelegentlich amüsiert. Mit jedem Satz, der ihr über die Lippen ging empfand sie Erleichterung. Nie zuvor hatte sie jemanden so tief in ihre Seele blicken lassen, noch nicht einmal Pauline. Und sie erzählte von Karsten Kübler, ihrem Retter in der Not. Ruckartig zogen sich Hannes' Augenbrauen ernst zusammen, als hätte er einen Filmriss. Stille. Mélodie wurde nervös. Sie mochte es nicht, wenn er so schaute. Es hatte selten etwas Gutes. Das letzte Mal schaute er so, als Mélodie einem Reiseführer wegen anzüglicher Bemerkungen den Inhalt eines Bierkruges über den Kopf geschüttet hatte.

"Warum Karsten Kübler?" Ein strenger Unterton schwang in seiner Frage mit. Sie nahm noch einen Schluck Tee, um Zeit zu gewinnen, griff dann nervös nach einer kleinen Kiste, die auf der Bank lag und holte einen abgegriffenen Brief heraus. Hannes setzte seine Brille auf und las. Er las ihn nicht nur einmal, ehe er die Brille wieder absetzte und ihr lange in die großen erwartungsvollen Augen schaute. "Das hast du nicht wirklich geglaubt, was hier steht, Mélodie?" Er nannte sie selten beim Namen. Auch das klang nicht gut in ihren Ohren und fast begann sie, ihre Zutraulichkeit zu bereuen. Wie ein Kind, das etwas angestellt hatte, saß sie nun vor ihm. "Ich bin mir gar nicht sicher, ob Mélodie mein richtiger Name ist. Vielleicht hat Pauline mich von klein auf so genannt, weil ich nicht stillhalten kann, wenn ich Musik höre.", versuchte sie heiter die Situation zu entschärfen. Hannes ließ sich nicht beirren. "Pauline ließ ein lebenslanges Wohnrecht hier für Dich ins Grundbuch eintragen. So erzählte man sich im Dorf und ich habe es überprüft. Verzeih' mir meine Neugier, doch ich war in Sorge um dich. Sie hat für dich gesorgt, Mélodie. Karsten Kübler war nicht dein Retter in der Not, zu keinem Zeitpunkt. Er hat dich getäuscht." Dicke Tränen rollten einmal mehr an diesem Tag über ihr Gesicht und ihre Wangen färbten sich rot vor Aufregung. "Ich dachte, das Café würde dich aus deiner Einsamkeit befreien und du würdest Vertrauen in die Menschen finden. Aber die Dinge haben sich rasch verändert.", setzte er seine Erklärung fort und es war, als müsste er sich selbst trösten. Ihr Leben seit Paulines Tod erschien ihr nun in einem anderen Licht. "Er hat dich getäuscht.", hallten Hannes' Worte noch immer nach in ihren Gedanken. Karsten Kübler hatte sie, die stolze, die unnahbare, die leichtgläubige Mélodie getäuscht. Wie konnte sie nur so dumm sein, fragte sie sich immer wieder. Er hatte ihr damals in einem persönlichen Brief sein Bedauern über den Tod der Großtante ausgesprochen. Ebenso bedauerte er, dass die Erbpacht für die Waldhütte mit Garten seit Jahren abgelaufen sei. Er würde sich jedoch persönlich dafür einsetzen, dass sie darin wohnen bleiben könne. Mélodie war ihm zutiefst dankbar. Zutiefst. Nach einer Weile schluchzte sie laut auf. "Dieser Schuft!" Im ersten Moment war Hannes sichtlich erleichtert über ihre Reaktion. Aber als ihr Schluchzen in ein leises, anhaltendes Weinen überging und ihr zierlicher Körper vom Leid geschüttelt wurde, wurde er stutzig. Wieder zogen sich seine grauen Brauen zu ernster Miene zusammen. Er nahm ihre Wangen zwischen beide Hände und schaute ihr direkt in die Augen, dann wiederholte er: "Wen hast du heute Morgen am See erwartet?" Er wartete geduldig bis sie endlich herausplatzte. "Ich hab' bis heute morgen gehofft, dass Karsten zu mir zurückkommt!" Das war der Moment für eine unausweichliche dritte Umarmung in dieser eigenwilligen Nacht. Mélodie spürte wie gerne er ihr den Schmerz von der Seele genommen hätte und Hannes bekam nun selbst feuchte Augen.

"Er liebt mich, hat er gesagt. Wir hatten nur diese eine Nacht. Und wir wollten, dass sie nie zu Ende geht."

"Wie lange ist das her?"

"Ein Jahr, zwei Monate und drei Tage."

"Hast du wirklich bis heute gehofft, dass er wiederkommt?"

"Er hat es versprochen."

Hannes schwieg erneut und blickte ins Feuer, als wartete dort eine Erklärung. Ihm gegenüber hatte Kübler Mélodie als PR-Gag betrachtet. Vor diesem Detail wollte er sie allerdings verschonen. Dann sagte er mit fester Stimme: "Er ist verheiratet und hat ein Kind. Mittlerweile wurde er in den Gemeinderat gewählt." Dann herrschte wieder Stille. Mélodies Atem wurde schlagartig ruhig, ihre Tränen versiegten und ihre Haut bekam wieder ihren klaren Teint. "Verstehe einer euch Frauen.", brummte Hannes wieder leise vor sich hin. Mélodie schien für einen Moment weit weg.

"Ich hab' viel über die Liebe gelesen, weißt du. Ich dachte, sie zeigt mir, wo ich hingehöre." sagte sie mit ruhiger fester Stimme. Hannes griff nach der alten Postkarte, die direkt vor seinen Füßen lag. Er las zuerst still. Dann wiederholte er betont deutlich "'Vis-à-vis sind Wegweiser. Der Weg bist du selbst.' - ohne Absender" und pfiff leise durch die Zähne. "Nun, er ist ein... Wegweiser.", kommentierte er süffisant. Sie riss ihm die Karte aus der Hand und pfefferte sie erneut wütend zu Boden. "Er ist ein Schuft! Pauline hatte recht mit den Männern."

"Hey, hey. Ich bin auch ein Wegweiser. Und ein Mann bin ich ebenfalls." Ein Lächeln huschte ihr übers Gesicht. Sie pustete eine Haarsträhne von ihrer Wange. "Bist du das?" fragte sie provokant und erwartete keine Antwort. Allmählich setzte die Morgendämmerung ein und tauchte den Raum in roséfarbenes Licht. "Hast Du Pauline jemals gefragt, warum sie alleine blieb in all den Jahren?", fragte er sie. Nun saßen sie direkt nebeneinander und schauten gemeinsam in die noch immer leuchtende Glut. "Nie." Sie lauschten wieder dem Knistern und dem Ticken der Wanduhr, die plötzlich knarrte. "Nun fehlt nur noch, dass sich das vermaledeite Türchen öffnet und..." ehe Hannes den Satz vollenden konnte sprang ein Vogel aus dem Uhrenkasten und rief sechsmal "Kuckuck". Sie lachten. Es war das erste Mal, seit Hannes bei ihr war und als könnte sie seine Gedanken lesen meinte sie "Das macht er nur einmal am Tag. Sogar Paulines Kuckuck tickt anders als die anderen hier. Er weckt mich jeden Morgen und dann gehe ich zum See." Unvermittelt fügte sie hinzu: "Hannes, wenn das Liebe war, dann will ich sie nicht!" Die Überzeugung in ihrer Stimme jagte ihm einen Schauer über den Rücken, dann erwiderte er in ernstem Ton: "Du hast den Schatten der Liebe kennengelernt. Es wird Zeit für die Sonnenseite. Sie ist Balsam für die Seele. Du als Heilerin solltest das wissen. Glaub' es, min Lütt! Wag' es! Es gibt weit mehr zwischen Himmel und Erde, als wir uns zu träumen wagen - auch im tiefsten Schwarzwald. Geh', angle dir deinen Traummann und werde glücklich." Die Glut erlosch mit seinem letzten Satz und mit ihr die innige Vertrautheit zwischen den beiden. Hannes verabschiedete sich. Am nächsten Abend wollte er wieder nach Mélodie sehen. Von Weitem sah er vor der Hütte drei große gefüllte Müllsäcke stehen. An der Türe hing ein Zettel. Beim Lesen ging ein breites Grinsen über Hannes' Gesicht:

Kannst du die Säcke entsorgen?
Brauche Luftveränderung.
Freiburg klingt nach Freiheit.
Bin ein großes Mädchen.
Danke! M.

II Sprung in die Freiheit

"Hol' mich Nachhause!", klang Mélodies Stimme flehend durch Hannes' Telefon. "Was ist los?", fragte er mit ruhiger Stimme. "Außer meinem Namen und der Bankverbindung gibt es nichts, was ich auf diesem bescheuerten Fragebogen ausfüllen könnte. Hol' mich BITTE Nachhause!!"

Eine Stunde später stand Hannes in der zweiten Etage einer kleinen Pension am Rande Freiburgs und trat wieder vor eine Tür, hinter der er seine aufgelöste Freundin erwartete. Diesmal musste er weder klopfen noch musizieren. Sie erkannte ihn an seinem Gang und riss die Türe auf. Da stand sie vor ihm, mit geflochtenen Haaren, entschlossenem Blick und Schmollmund. Drei Wochen waren vergangen, seit Mélodie ihre vertraute Umgebung verlassen hatte und dieser Anruf fiel ihr nicht leicht. Stolz war sie und wild entschlossen, ihr Leben in die Hand zu nehmen. Und nun wusste sie nach kurzer Zeit nicht weiter. Hannes setzte sich an den kleinen Tisch und zündete sich eine Havanna an, Zigaretten hatte ihm der Arzt mittlerweile verboten. Dann atmete er tief durch. "Nichtraucher-Pension!", betonte sie streng. "Ich weiß.", entgegnete er gelassen. "Und?" Der Raum füllte sich rasch mit dem schweren süßlichen Duft des kubanischen Tabaks.

Mélodie war auf der Suche nach einer festen Bleibe und hatte sich eine Zwei-Zimmer-Wohnung in einem Mehrfamilienhaus angeschaut. Sie hielt ihm ein Formular vor die Nase mit dem Titel 'Selbstauskunft'. "Das ist der Hohn auf Rädern!", herrschte sie ihn an, als wäre er der geistige Vater des Schreibens. Sie war außer sich und ihre Nasenflügel bebten. Gefragt wurde nach ihrer bisherigen Adresse, ihrem Beruf oder Studiengang, ihrem Geburtsort sowie ihrer religiösen Zugehörigkeit. Auch der Beruf der Eltern war anzugeben, sofern der Wohnungsbewerber Student war, außerdem der Arbeitgeber, das monatliche Einkommen, die Höhe des BAföGs und des monatlichen Unterhalts. Jede einzelne Frage kam ihr vor wie ein Hieb in die Magengrube ihrer Lebenslage. Hannes konnte sich sein friesisches Grinsen nicht verkneifen. "Ich liebe Situationskomik.", lachte er laut. Er hatte längst gelernt, die Herausforderungen des Lebens mit Humor zu meistern. Mélodie befand sich noch immer in einem Ausnahmezustand. Genau genommen war ihr Leben seit fünfzehn Monaten eine Aneinanderreihung von Ausnahmezuständen. Wie ein aufgescheuchtes Reh sprang sie im Zimmer auf und ab, immer zwischen ihren halb gepackten Koffern hindurch, während er zwei Stücke Schwarzwälder Kirschtorte auspackte und auf den Tisch stellte. "Es ist mir gelungen, dieses Zimmer zu mieten, das erstaunlicherweise nur noch für ein paar Tage frei ist, obwohl ich der einzige Gast bin derzeit. Ich habe mir einen gültigen Pass besorgt, habe ein Konto bei einer Bank eröffnet und mir ein Handy ohne Vertragsbindung gekauft." Hannes sah auf der Fensterbank ein Klapphandy liegen und nickte beeindruckt. "Ich war schon zweimal in dem Programmkino an der Ecke und habe den beiden Polizisten im Stadtbad selbst erklärt, warum ich in der Männerdusche gelandet bin und auch, warum ich mich in der Herren-Sammelumkleide eingeschlossen und alle anderen ausgeschlossen habe und ich bin mit der Straßenbahn gefahren und zwar in die richtige Richtung und mit einem gültigen Ticket, obwohl ich es entwerten hätte müssen...!" Er hielt ihr eine Gabel mit Torte an den Mund. Beim ersten Bissen entspannte sie sich und atmete nun ebenfalls durch. "Du bist meine Heldin!" entgegnete er ruhig und meinte es durchaus ernst. Diese Stadt war für Mélodie nicht nur eine Stadt. Sie war der Nabel der Welt. Und diese Welt war riesig. Die vielen Menschen, Häuser, Autos, Läden, Kultureinrichtungen, einfach alles war für sie neu und die Flut der Eindrücke spiegelte sich in ihren weit aufgerissenen Augen noch immer wider. Mit deutlich entspannter Miene setzte sie ihre Schilderungen nun kauend fort. "Gestern war ich in einem Drogeriemarkt. Er ist übersät mit Naturheilprodukten aller Art. In den Straßen und Gassen, die ich durchwandert hab', hab' ich mindestens fünf Türschilder von Heilpraktikern gefunden, mit Kassenzulassung, was auch immer das bedeutet. Aber das Beste kommt jetzt: Die Mietpreise! In den Wohngemeinschaften, die ich mir angeschaut habe, sollte ich eine... eine..." Sie zog eine Notiz aus ihrer Hosentasche. "... eine Immatrikulationsbescheinigung oder einen Arbeitsvertrag vorweisen. Hier, ich habe mir alles notiert. Außer in der Männer-WG. Die hätten mich auch ohne bei sich einziehen lassen. Und der ältere Herr, der mir die einzige bezahlbare Wohnung gezeigt hat, wollte zuerst eine..." Ihre Augen suchten das Notizblatt nach dem korrekten Wort ab. "... eine Aufenthaltsgenehmigung von mir sehen. Dann hat er mich darauf hingewiesen, dass wechselnde Herrenbesuche unerwünscht seien! Hannes, was ich sagen will ist: Ich liebe diese Stadt. Aber diese Stadt will mich nicht!" Ihr französischer Akzent klang immer wieder wie Musik in seinen Ohren. Er war sichtlich beeindruckt, wie schnell sie sich zurechtgefunden hatte. "Rescuetropfen wären gut, soviel ich weiß.", bemerkte Hannes noch immer süffisant. "Oder ein zweites Stück Torte?", ergänzte er. Sie lächelte ihn erleichtert an und schaute ihm direkt in die Augen. "Hannes, hast du Zeit mitgebracht?"

Hannes parkte sein Auto in der Tiefgarage und stellte sich der Inhaberin der Pension als Mélodies Onkel väterlicherseits vor. Nach kurzem Zögern und einem strengem Blick auf das Nichtraucherschild am Empfang stellte sie ihm ein Einzelzimmer direkt neben ihrer Küche im Erdgeschoss zur Verfügung. Eine weitere halbe Stunde später spazierte Hannes mit Mélodie durch die malerischen Gassen im Herzen Freiburgs. Die Studentenstadt mit dem mediterranen Flair, den bunten, mit Stuck verzierten Jugendstilfassaden und ihren Oleanderkübeln neben den Eingängen, den individuellen Lifestyleläden aus allen Herren Ländern und den zahllosen Gassen, Plätzen und Ecken mit Bistros, die zum Verweilen einluden, hinterließ auch bei Hannes immer wieder ein Gefühl von Seele baumeln lassen inmitten bürgerlichen Esprits. Sie überquerten den Karlssteg und setzten sich in der Abendsonne unter einen Schatten spendenden Baum im Stadtpark. Immer wieder stellte er mit einem Seitenblick fest, dass Mélodies Erscheinung in dieser Menschenvielfalt, die Freiburg bot, weit weniger auffiel als bisher auf dem Land. Mit ihrer roten Ballonhose, ihrem schwingenden Gang, ihrer weißen weiten Bluse, dem Tuch in den hochgebundenen Haaren und ihrer gestikulierenden Art zu sprechen erinnerte sie am Vorbeigehen an eine Germanistikstudentin. Auffallend war vielmehr die Art, wie sie ihre Umwelt mit größter Aufmerksamkeit musterte. Die Mélodie, die er kannte, ruhte in sich. Kaum jemand ahnte bislang ihre wahren Emotionen. Sie bot ihren Mitmenschen kaum Angriffsfläche durch gefühlsechte Reaktionen, aufdringliche Bewunderer ausgenommen. In ihrer vertrauten Umgebung wirkte sie charismatisch, fast stoisch. Hier bot sich ihm allerdings ein Bild von einer jungen Frau, die auf jede Kleinigkeit reagierte. Jedes unerwartete Hupen eines vorbeifahrenden Autos ließ sie zusammenzucken. Jede Taube, die über das Freiburger Bächle hüpfte und jedes Eichhörnchen, das ungeachtet der Menschen durch den Schlosspark eilte, löste ihr Entzücken aus. "Hexenverbrennungen! Hannes, guck' mal. Hier!", entrüstete sie sich, als sie die Tafel vor dem Martinstor las. "Sei froh, dass du im 21. Jahrhundert lebst, min Lütt. Ist gesünder für dich!", scherzte Hannes und bewahrte sie davor, vor die Stadtbahn zu laufen. Toskanische Bistrostühle neben Olivenbäumen in Terrakottatöpfen vor Natursteinmauern eines Straßencafés bewunderte sie ebenso wie die elegante Erscheinung modebewusster Mittvierzigerinnen, die in High-Heels und Ledertasche mit schwerem Parfum umnebelt gekonnt die gepflasterte Fußgängerzone durchschritten. Kindliches Staunen mischte sich mit Ehrfurcht vor allem Neuen und sie blieb manchmal minutenlang stehen und schaute mit entrücktem Blick ins Leere, ohne es zu bemerken, so als bräuchte sie eine Pause, um alles haarklein zu verinnerlichen. Sie beobachtete arglos wirkende Studentengrüppchen, die erzählend und lachend an ihnen vorüberliefen und wenn sie ein Liebespärchen sah glänzten ihre Augen wehmütig. "Sie sehen so glücklich aus.", bemerkte sie und erwartete keinen Kommentar von Hannes und er wusste das.

Inmitten des Parkes pflückte sie Lavendelblüten in großen Mengen und band sie sich auf den Rücken mit einer solchen Selbstverständlichkeit, als stünde sie in ihrem Kräutergarten. Sie entschuldigte sich bei einem stürmischen Radfahrer für ihre Ungeschicklichkeit, ihm den Weg zu versperren. Es steckten noch Reste von Buchenblättern zwischen ihren Zähnen, als sie ihn anlächelte. Wer sie beobachtete musste sich wundern, ob er wollte oder nicht. Hannes hätte mit einem Hut umhergehen können, um Geld einzusammeln. Unsichtbares Theater kann kaum glaubhafter sein. Er empfand so etwas wie Demut, dass er ihr Freund und Wegbegleiter sein durfte in dieser besonderen Zeit. Liebevoll lenkte er sie ab, als sie im Begriff war, Klaräpfel ernten zu wollen, die über die Mauer eines Schulgartens hingen und ihren süßsauren Duft verströmten. Und er empfand Mitgefühl für dieses Wesen, das viel zu lange im Verborgenen lebte und sich nun im Kreise der Zivilisation wiederfand, mühsam die ersten Schritte gehend, unsicher, tollpatschig, glücklich.

Es gab so Vieles für sie zu entdecken, so Vieles nachzuholen. Das wurde ihm an diesem Mittag bewusst. Und er wollte ihr beistehen. Schulter an Schulter saßen sie aneinander gelehnt und genossen den Himmel, der sich nun tiefrot färbte. "Was willst du tun, min Lütt? Was willst du wirklich?", fragte er sie unvermittelt. "Ich hab' keine Ahnung. Zurück kann ich nicht mehr. Ich kann nur vorwärts." Plötzlich fuhr sie hoch. "Doch! Eines weiß ich, Hannes! Ich WILL diese Wohnung haben. Vom Küchenfenster aus kann ich direkt auf einen kleinen Brunnen sehen. Er plätschert so schön.", erinnerte sie sich freudig. Hannes stand auf und reichte ihr die Hand. "Na dann. Hast du nicht gesagt, du konntest Dir Sachen herbeiwünschen? Worauf warten wir?" Er spürte ihr zögern. Nervös wich sie seinem Blick aus und spielte an ihrem Amulett herum, das sie seit jener letzten Nacht mit Pauline nie mehr abgelegt hatte.

"Melodie...?" Sie zögerte, ihm zu antworten.

"Der Vermieter ..."

"Ja?"

"Er meinte, die Wohnung bekäme nur jemand... aus geordneten Verhältnissen."

"Ja und?"

"Ich war nur ehrlich."

Das klang nicht gut in seinen Ohren. Betreten schaute sie zu Boden und Hannes schwante Übles. Fragend schaute er sie an.

"Ich sagte ihm, gegen Griesgrämigkeit sei ein Kraut gewachsen aber nicht gegen... nicht gegen... spießige Ignoranz... und..."

"Und?"

"Und... und er könne sich seine Wohnung in den Hintern schieben!" Sie schaute ihn unschuldig an.

Zehn Minuten später besorgten sie sich eine Zeitung mit einem Immobilien-Anzeigenteil an einem Kiosk. Manche Wünsche musste man überdenken. Paulines Direktheit hinterließ ihre Spuren bei Mélodie und obwohl Hannes ihr nie begegnete, hatte er das Gefühl, sie gekannt zu haben. Er bemühte sich um eine strenge Miene, wenn sich ihre Blicke auf dem Weg zur Pension trafen. Mélodie schwieg und ging noch aufrechter als sonst. Vielleicht hatte sie sich etwas im Ton vergriffen, zugeben, aber sie stand zu dem, was sie sagte. Sie würde es immer wieder tun, wenn sie an den selbstgefälligen Tonfall des alten Mannes dachte. Und wenn Hannes noch so streng dreinblickte.

Drei Tage später unterschrieb sie ihren ersten eigenen Mietvertrag für eine kleine Wohnung in der Bäckergasse. Die Aussicht vom Küchenfenster der Jugendstilwohnung in einen begrünten Innenhof wurde durch einen riesigen Kastanienbaum gekrönt. Die hohen Wände ließen ihre Seele atmen und die Wände rochen nach frischem Mineralputz. Außerdem hatte sie einen kleinen Balkon im Südwesten für ihre Kräuter und eine freistehende Badewanne in einem Tageslichtbad. "Hier kannst du abtauchen, wenn du deine Ruhe brauchst.", witzelte Hannes. Mélodie war selig, als sie die Wohnung im ersten Stock zum ersten Mal betrat. Hannes half ihr, mit einfachen Mitteln ein Zuhause zu zaubern und er begleitete sie bei ihren ersten Schritten in ihr neues Leben. Sie besorgten ein Bett, einen Schrank, einen Esstisch zwei Stühle und Pflanzen. Eine schlichte Küchenzeile ermöglichte ihr das Kochen vom ersten Tage an. Es fehlten noch Geschirr und Töpfe und so allerhand Dinge für den täglichen Gebrauch. Hannes versprach, ihr das Nötigste aus ihrer Waldhütte zusammenzupacken und bei Gelegenheit vorbeizubringen. Bis dahin konnte sich sich einschränken. Mélodie kam mit wenig zurecht. Das war eine ihrer Stärken. Sie war froh, dass ihr der Weg zurück erspart blieb. Die Erinnerung an ihr altes Leben schmerzte noch zu sehr. Am Wochenende fuhren sie zu einem nahegelegenen Baggersee, und sie genoss es, seit Langem mal wieder in der Natur zu schwimmen. Vor allem, weil sie die einzige war, die dort ihre Bahnen zog. Alle anderen hielten das Badeverbot ein. "Pass auf meine Klamotten auf. Und wag' es ja nicht!", scherzte sie mit Hannes. Die beiden lagen am Ufer und erinnerten sich an den letzten Sommer und wie sie den Heil suchenden Touristen am Moorsee ihre Streiche gespielt hatte. Dann bemerkten sie einige Baumgruppen neben sich fünf Jugendliche mit einer mobilen Box, aus der lautstark Musik tönte. Mélodie wurde hellhörig und schaute Hannes fragend an. Fremde Klänge drangen an ihr Ohr. Sprechgesang gehörte nicht zu der Art Musik, die sie aus der Schule oder vom Dorffest kannte. Auch auf dem Wochenmarkt oder in der Bibliothek hörte sie dergleichen nicht und von Pauline lernte sie allenfalls französische Kinderlieder oder hörte eine ihrer alten Schallplatten mit Chansons aus den Vierzigern. Noch am selben Abend besorgten sie eine Musikanlage und eine Auswahl an CD's aus den unterschiedlichsten Kulturkreisen und begaben sich in ihrem Wohnzimmer in der Bäckergasse auf musikalische Weltreise. Sie tanzte wild zu Sambarhythmen und schwebte mit Hannes im Dreiviertel Takt durch die Wohnung. "Blowing in the wind" ließ sie träumen und zu "Je ne regrette rien" sang sie aus vollster Kehle, als stünde sie selbst auf einer Bühne im Duett mit Pauline. Innerhalb der ersten fünf Takte der "Mondscheinsonate" brach sie schließlich vor Erschöpfung in Tränen aus, um schließlich von Hannes' Mundharmonika wieder aufgeheitert zu werden. Das funktionierte immer, wenn Mélodie auf emotionaler Talfahrt war, das wusste der Friese.

An diesem Abend wurde beiden klar: Mélodies Lebenshunger war geweckt. Dies war erst der Anfang ihres neuen Lebens. Tag für Tag entdeckte sie Aufregendes und Erstaunliches beim Durchleben des städtischen Alltags, und sie fühlte sich wie Aschenputtel kurz vor dem königlichen Ball. Mit kindlicher Neugier sog sie die Eindrücke wie ein Schwamm in sich auf. Hannes machte einen Themenplan, um die restliche Zeit, die er noch bleiben konnte, sinnvoll einzuteilen. Sein Ziel war es, Mélodie mit den wichtigsten Bereichen des gesellschaftlichen Lebens bekannt zu machen, ehe er abreisen musste. Ein frommer Wunsch, wie er fand, angesichts der Tatsache, dass seine Vertretung im Café ihm eine Frist von einer Woche gesetzt hatte, bis er wieder zurück sein sollte.

Die nächsten Tage durchlebten sie wie in einem Zeitraffer. Ein Besuch in der Stadtbibliothek versorgte sie mit Literatur über Kultur, Politik, Wirtschaft, Arbeit und Soziales. "Als unabhängige Frau brauchst du einen Beruf, den du liebst und, der dich nährt, körperlich, seelisch und geistig.", predigte Hannes. "Aye, aye, Käpten!", lachte sie über seine Auflagen. Also las sie Ratgeber zur Berufsorientierung, bis ihr die Bücher vor Müdigkeit ins Gesicht fielen. Sie gingen ins Freibad, ins Open Air Kino, ins Theater und Mélodie verliebte sich in klassisches Ballett und Pizza. Oft ertappte Hannes sich dabei, wie er darüber nachsann, was wohl Paulines Beweggründe für ihr abgeschiedenes Leben gewesen sein mochten. Bewunderung mischte sich mit Unverständnis für die alte Frau.

Zwei Tage vor seiner Abreise wurde es Zeit für den letzten großen Schritt, den er mit Mélodie gehen wollte, bevor er sie für längere Zeit sich selbst überlassen sollte. Er stellte ein Laptop auf den Esszimmertisch, klappte es auf und schloss es an die Steckdose an. Bis dahin war Mélodie unbeeindruckt. Er nahm sie an die Hand und wagte mit ihr den Sprung in die nächste revolutionäre Entdeckung – den Sprung ins Netz. Für die nächsten Stunden tauchten sie ein in die digitale Welt der grenzenlosen Möglichkeiten.

Das war zuviel für die junge Frau aus der Schwarzwälder Berghütte. In dieser Nacht wälzte sich Mélodie unruhig im Schlaf hin und her. Sie träumte wild und wachte erst am späten Vormittag auf. Sie fühlte sich noch immer wie im Rausch. Die globale Revolution hatte sie ihrer subsistenten Unschuld beraubt, ob sie es wollte oder nicht. Sie musste erst einmal zu sich kommen. "Ich bin eine unabhängige Frau." Diesen Satz sagte sie sich immer wieder vor wie eine Affirmation, die ihr helfen sollte, auf Kurs zu bleiben. Vom Sog des Kommerzes noch immer gebannt, versuchte sie im Geiste klar zu bekommen, welche Informationen für sie wichtig waren und welche nicht. Durch diesen kleinen schwarzen Tastenkasten sollte ihr wirklich Leinöl zugeschickt werden? Von ihrem Bett aus konnte sie den Himmel sehen. Sie sah Sommervögel ihre Kreise ziehen und einige Dächer weiter entdeckte sie ein leeres Storchennest. "Wo treibst du dich herum?", fragte sie im Stillen. Unwillkürlich dachte sie an ihr altes Zuhause, das nun ebenfalls verlassen und leer war. Den Gesang der Nachtigall konnte sie hier nirgends hören, schon gar nicht über den Dächern der Stadt. Wehmut packte sie. Ein Schauer lief ihr über den Rücken, als ihr klar wurde, dass sie ab heute wieder alleine durchs Leben gehen würde. "Ich bin eine unabhängige Frau...", wiederholte sie tapfer. "...in jeglicher Hinsicht." Aus der Küche drang der Duft von frischem Kaffee. Hannes begrüßte sie mit ernster Miene. Wortlos schlürfte sie ihren Kaffee in ihrem langen weißen Shirt und schaute in den Hinterhof. Die Sonne schien. Beide schwiegen minutenlang. "Du brauchst Kontakte." Seine Worte klangen mahnend.

"Versprich mir, auf die Menschen zuzugehen." Sie goss mittlerweile die Töpfchen mit den Küchenkräutern, die sie in einem kleinen Blumenladen in der Bäckergasse gekauft hatten. Irene, die Inhaberin, bemerkte, wie liebevoll und sachkundig Mélodie beim Sichten der Pflanzen vorging und bot ihr spontan an, dreimal die Woche für ein paar Stunden in ihrer Gärtnerei am Rande der Stadt auszuhelfen. Das war ein Glücksfall. So war die Miete gesichert und Mélodie konnte Paulines Hinterlassenschaft, die ein Notgroschen sein sollte, auf dem Konto der Dorfbank lassen.

"Aye, aye, Käpten!", antwortete sie diesmal in scheinbar gleichgültigem Ton.

"Es ist mein Ernst. Der Mensch braucht Menschen."

"Ich komme klar."

"Es ist Zeit, dass du lernst, zu vertrauen. Geh' auf sie zu."

"Alles was du willst, mon chéri." Mélodie hasste es, Abschied zu nehmen. Mit ihrer betonten Lässigkeit wollte sie es Hannes leicht machen. Es klingelte an der Tür. Beide schauten einander erstaunt an. Sie hatten keine Pizza bestellt und der Online-Paketversand war zwar schnell, aber fliegen konnte er kaum, ebensowenig die roten Lack-High Heels oder die Wolleponchos, die sie in der Nacht bei namhaften Onlineshops bestellte. Mit einem Besen bewaffnet und skeptischem Blick schaute Mélodie durch den Türspion. Sie konnte kaum etwas erkennen. Alles was sie sah waren braune Locken. Nach kurzem Zögern öffnete sie. "Hei, ich bin Edda. Du musst die Neue sein." Vor ihr stand eine junge Frau in gekrempelter Latzjeans und Ringelshirt, mit Sommersprossen und Zahnspange und strahlte sie an. Erschrocken knallte Mélodie die Türe wieder zu. "Hast du die bestellt?" Hannes grinste und schwang seinen Rucksack über die Schulter. "Nein, min Lütt, die ist dir zugelaufen." Er drückte ihr einen Abschiedskuss auf die Wange, schenkte ihr noch einen kurzen Blick, öffnete erneut die Wohnungstür und trat mit einem Nicken aus Mélodies Wohnung und fürs Erste aus ihrem Leben. Edda stand noch immer unter dem Türrahmen und strahlte sie an, als hätte sie vor, Wurzeln zu schlagen. "Kannst du mir ein Ei leihen?", fragte sie und fügte rasch hinzu: "Bio, wenn möglich." Mélodie war beeindruckt von ihrem Talent, mit verdrahtetem Gebiss Kaugummi zu kauen und gleichzeitig zu sprechen. Edda wohnte eine Tür neben Mélodie und dies war der Beginn einer außergewöhnlichen Freundschaft.

Die erfrischende Nachbarin lud Mélodie zu einem spontanen Abendessen ein. Das Ei stellte sich als Vorwand heraus, denn Edda war gespannt darauf, Mélodie kennenzulernen. Mélodie war von soviel Zutraulichkeit angenehm überrascht und sagte zu. Die junge Frau war ihr sofort sympathisch und am selben Abend betrat sie mit selbst gebackenen Keksen und unsicherem Lächeln die Nachbarswohnung und einen neuen Lebensbereich. Frauenfreundschaft hieß die Rubrik.

Die beiden waren allein. Eddas Lebensgefährte Paul verbrachte den Abend mit Freunden bei einem Basketballspiel. Es gab selbstgebackene Pizza und es stellte sich heraus, dass Edda aus Hannover stammte. Sie hatte kürzlich ihr Studium als Sozialpädagogin abgeschlossen und arbeitete nun in einem Mädchenheim am Rande der Stadt. Paul war gebürtiger Freiburger. Die Liebe hatte Edda hierher geführt. Die beiden lernten sich vor Jahren auf einer Jugendfreizeit kennen. Heute arbeitete er als Sport- und Geschichtslehrer an einem Gymnasium des Stadtviertels. "Nun kennst du meine Lebensgeschichte in Kürze. Und was war bei dir bisher los?"

Verhalten hielt Mélodie ihr Glas in der Hand. Edda war der erste Mensch, mit dem sie Wein trank und der zweite, dem sie aus ihrem Leben erzählte. Sie nahm einen kräftigen Schluck und plauderte los. Edda hing wie gebannt an ihren Lippen. Sie schaute mal ungläubig, mal war sie zu Tränen gerührt. "Na denn. Auf die Zukunft! Was auch immer sie bringen möge.", meinte sie abschließend. Die beiden gingen zu banalen Alltagsthemen über. Das Fenster im Esszimmer war weit geöffnet. Das Lachen und Reden der beiden jungen Frauen war im gesamten Innenhof und weit über die Dächer der nun still werdenden Stadt zu hören. Ein lauer Sommerwind wehte sanft zu ihnen herein. Mittlerweile saß der Storch reglos in seinem Nest, und es hatte den Anschein, als hätte er dagesessen, um ihren Worten zu lauschen. Mélodie registrierte ihn mit einem Schmunzeln. Eddas leichte fröhliche Art fühlte sich gut an. Sie schenkte ihr drei kleine Terrakottatöpfe, die seit Jahren in ihrem Keller herumstanden. Dann verabredeten sich die beiden für die nächsten Tage zu einem Kinobesuch. Mélodie liebte das kleine Programmkino mit seinen ausgefallenen Filmen, die sich fast niemand anschaute. Der alte Mann am Kartenschalter kannte sie schon. Am liebsten sah sie französische Liebesgeschichten. Sie schienen ihr auf so trockene Art romantisch, schnörkellos, einfach schön.

"Was ist dein größter Wunsch?", fragte Edda, als Mélodie zum Gehen aufbrach. Mélodie wurde ernst. Diese Frage hatte sie sich lange nicht gestellt.

Vielleicht hatte sie sich diese Frage noch niemals wirklich gestellt.

"Ich will meine Familie suchen." antwortete sie nach kurzer Überlegung.

"Finden! Ich empfehle dir, sie zu finden! Ich bin dabei, wenn du willst.", zwinkerte Edda ihr zu und umarmte sie zum Abschied. Von Glücksgefühlen und Dankbarkeit beseelt betrat Mélodie ihre Wohnung und die Welt drehte sich ein klein wenig schneller ums sie als gewohnt.

Am nächsten Morgen stand sie mit der Sonne auf und machte sich auf die Suche nach einem Ort der Stille in der Abgeschiedenheit der Natur. Momentan hatte sie das Gefühl, sich zu verlieren in ihrer neuen Welt und sie dachte unwillkürlich an Pauline und ihr überschaubares Leben, das sie bisher führte. Am Rande der Südstadt fand sie eine Baumgruppe mit Blick auf die Felder und einen Bach, der friedlich vor sich hin plätscherte. Sie setzte sich auf einen Stein, hängte die Füße ins Wasser und genoss die ersten wärmenden Sonnenstrahlen des Tages. Das Schöne an Freiburg war der Weitblick, den ihr Stadtrand bot. In die eine Richtung sah sie den Schwarzwald, in die andere Frankreich und dazwischen stand in majestätischer Höhe das Storchennest als throne es über die Stadt und den Rest dieser Welt. "Du kennst mich.", sprach sie dem gefiederten Freund aus der Ferne zu. Mit ihm verband sie die Sehnsucht nach der unbekannten fernen Heimat. Irgendwo da draußen übte etwas Unbestimmtes einen verheißungsvollen

Sog auf sie aus.

"Ja, ich kenne dich.", hörte sie plötzlich eine Kinderstimme neben sich. "Ich kenne dich wirklich.", wiederholte ein kleiner Junge mit einem Rucksack auf dem Rücken. "Du bist die Nixe. Bist du hierher geschwommen?"

"Und du? Bist du hierher geflogen?", erwiderte sie lächelnd seine Frage.

"Nein. Ich kann doch nicht fliegen. Aber du kannst schwimmen. Ich hab' dich beim Wünschesee gesehen."

"Stimmt. Das kann ich. Ich komme von dort...", sie zeigte Richtung Rheingrenze, "... bin hier diesen Bach entlang geschwommen...", nun deutete sie Richtung Berghausen, "... bin dort groß geworden und nun schwimme ich wieder zurück in meine Heimat..." Sie war selbst überrascht über die Klarheit ihrer Worte, die sie diesem Kind gegenüber fand.

"Und hier machst du Pause?", fragte er beeindruckt.

"Richtig. Hier mache ich Pause? Und du?"

"Ich komme von dort...", er zeigte in Richtung Stadtmitte, "... und werde jetzt groß wie du. Aber ich will hier bleiben. Hier ist es schön. Tschühüss!" Sie hörte aus der Ferne das Rufen der Mutter und der Junge verschwand so schnell, wie er aufgetaucht war. Ein angenehmer Schauder lief ihr über den Rücken.

"Ja, hier ist es schön.", dachte sie im Stillen und lächelte. Die Menschen sind freundlich, ein guter Ort für eine Pause.

Als sie von ihrem Ausflug Nachhause kam, packte sie die Kuckucksuhr aus dem Koffer und hängte sie an die Wand. Sie schaute sie bedächtig an. Schön war sie nicht. Aber so herrlich vertraut. Struktur. Ihr Alltag brauchte wieder eine Struktur, die ihr Halt gab. Dann kramte sie den Fragebogen aus der Küchenschublade und hängte ihn an die Kühlschranktür.

SELBSTAUSKUNFT
1. Name, Vorname ∨
2. Anschrift ∨
3. Telefon ∨
4. Bankverbindung ∨
5. Staatsbürgerschaft ∨
6. Herkunftsland *Frankreich?*
7. Schulabschluss *Realschule*
8. Beruf *?? autodidaktische Heilerin??*
9. Name der Eltern *??*
10. Beruf der Eltern *??*
11. Anschrift der Eltern *??*

Die ungeklärten Punkte wollte sie beantworten können, und das möglichst schnell. "Verzeih', Pauline. Ich brauch' jetzt klare Verhältnisse!", sprach sie ein Stoßgebet gen Himmel. Dann machte sie eine Liste der Aufgaben, die sie zuerst erledigen wollte:

kurzfristig:
morgens spazieren gehen, Ruhe
Montag, Dienstag, Freitag - 9 Uhr Gärtnerei
Anmeldung Abendschule (Abitur), Finanzplan
Ausgehen mit Edda 1 x pro Woche

mittelfristig:
Berufsfindung
Recherche Herkunftsfamilie

Ihr tägliches Bad am Moorsee vermisste Mélodie am meisten. "Ich komm' überhaupt nicht mehr zu mir, bin ständig überall.", beklagte sie sich eines Abends bei Edda. "Schreib' Tagebuch. Das hilft!", meinte Edda, als sie ihr das Gedankenwirrwarr beschrieb, das ihr neu war. Sie ergänzte ihre Aufgabenliste.

Tagebuch schreiben

Der Plan war ein Anfang. Sie hängte ihn ebenfalls an die Kühlschranktüre. Die nächsten Tage vergingen wie ihm Flug. Eigentlich gefiel Mélodie die Mitarbeit in der Gärtnerei, wenngleich sich ihr Manches widerstrebte. Sie weigerte sich, die Pflanzen mit Substrat zu düngen. Irene erklärte ihr den Unterschied zwischen dem Pflanzenbestand in der Natur und ihren Kulturen und versicherte ihr, ausschließlich biologische Substanzen für die Düngung zu verwenden. Mélodie war skeptisch. Sie versuchte, Irenes Aussage zu überprüfen und informierte sich im Internet. Doch die Fülle an wissenschaftlichen Studien und widersprüchlichen Kommentaren verwirrte sie so sehr, dass sie beschloss, Irene Glauben zu schenken.

Am Freitagnachmittag holte Mélodie Edda spontan von der Arbeit ab. Sie wollten in den Stadtpark. Andächtig betrat sie die alte Pforte des evangelischen Mädchenheims eines dreihundert Jahre alten Gebäudes, das früher einmal ein Kloster war. Sie stand am Ende eines langen Ganges mit endlos vielen Türen. Die Luft war kühl und klamm. "Wie viele Schicksale haben sich hinter jeder dieser Türen schon abgespielt?", fragte sich Mélodie. Geschichten von Menschen, die sich hier im Stillen und ohne Aufsehens ereigneten. Geschichten, von denen einen Straßenzug weiter niemand Notiz nahm, so jedenfalls hatte es den Anschein. Sie spürte, dass ihr Atem flach wurde in dieser Umgebung, als ihr Blick auf einen Glaskasten mit einer Hausordnung fiel. Daneben hing ein bunter Regenbogen aus Papier, als wollte er die Nüchternheit der Hausordnung entschuldigen. Auf einer Holzbank neben dem Sekretariat saß ein etwa sechzehnjähriges Mädchen mit braunem Haar und schwarzen Augen. Sie hielt ein neugeborenes Baby im Arm und wiegte es sanft hin und her. Neben ihr stand ein bunter Rucksack, der bis oben hin mit Kleidern gefüllt war. Mélodie und das Mädchen grüßten sich wortlos. Die kindliche Mutter umfasste ihren Leib in regelmäßigen Abständen. Eine der Türen öffnete sich und Mélodie erkannte sofort Eddas aufmunternde Stimme.

"Daliah, du bist ja schon da. Komm' nur herein. Gut siehst du aus. Wie geht es euch beiden?", Edda bemerkte Mélodie. "Ich brauche noch ein paar Minuten." "Klar doch.", entgegnete Mélodie. Daliah stand auf und wurde kreidebleich. Unerwartet sank sie zu Boden. Mélodie fing das Kind auf und Edda das Mädchen. Die beiden Freundinnen tauschten kurz Blicke aus, dann schleifte Edda das Mädchen in ihren Raum und legte sie auf eine Couch. Mélodie setzte sich mit dem Baby auf die Bank im Flur und wartete.

"Daliah, geht es wieder?", hörte sie Edda rufen. "Langsam, alles ist gut, Daliah. Beruhige dich." Zehn Sekunden später stand das Mädchen unter der Türe und starrte Mélodie ängstlich an. Als sie sah, dass Mélodie ihr Baby liebevoll im Arm hielt und ihm ein Kinderlied vorsummte, entspannte sie sich. "Sie ist eine Freundin.", erklärte Edda. Daliah lächelte scheu. Mélodie schaute sie mit offenen Augen an und gab ihr das Kind zurück. Sie bemerkte, dass der Blick des Mädchens an ihrem Amulett haften blieb. "Es ist von meiner Großtante.", erklärte sie. Daliah wollte antworten. "Sie versteht leider noch kein Wort.", unterbrach Edda die unbeholfene

Konversation. "Wir auch nicht.", lachte Mélodie. Edda bat sie, in ihrem Zimmer auf sie zu warten, bis sie die beiden in ihre Wohngruppe gebracht hätte. Zehn Minuten später verließen die Freundinnen strahlend das Gebäude. "Wochenende!", jubelten sie wie aus einem Munde. Für Edda war ein freies Wochenende keine Selbstverständlichkeit. Meistens hatte sie auch an Samstagen und Sonntagen Dienste im Heim. Mélodie war mit ihren Gedanken noch immer bei dem Mädchen. "Die Kleine braucht Tee aus getrocknetem Gänsefingerkraut und Arnika in LM 60, jeweils dreimal täglich bis sie schmerzfrei ist. Ich nehme an, das Baby ist höchstens 36 Stunden alt? Außerdem gehört sie ins Bett. Das Wochenbett ist kein Ammenmärchen, hörst du? Es ist wichtig, dass sie sich schont, um sich in Ruhe zu erholen. Das war zu allen Zeiten so. Nur heute meinen die Frauen, sie könnten gleich wieder herumspringen, als kämen sie nicht vom Gebärstuhl sondern vom Friseur." Mélodies Tonfall klang ungewohnt ernst. So kannte Edda sie noch nicht. "Zu Befehl, Frau Doktor.", witzelte die Freundin und schickte der Kollegin sofort eine Nachricht. "Und jetzt zu uns!", leitete Edda einen Themawechsel ein. "Oh, das klingt gut!" Mélodie liebte Eddas Spontanität und ihren Einfallsreichtum.

"Einmal muss es sein.", setzte Edda ihre Ausführungen bedeutungsschwanger fort.

"Was denn nun?"

"Ich werde dich morgen Paul vorstellen. Auf die Gefahr hin, dass er sich unsterblich in dich verliebt."

"Na denn, Augen zu und durch.", witzelte Mélodie und gab der Freundin einen Knuff.

"Scherz beiseite. Wir sind morgen Abend zu einer Vernissage eingeladen. Ein Freund stellt seine Skulpturen bei dem Galeristen in der Fußgängerzone aus. Hättest du Lust, uns zu begleiten? Ich habe dich schon als meine exotische Nachbarin angekündigt. Du darfst also einfach du selbst sein und könntest ein paar nette Leute kennenlernen." Und als müsste sie die Unternehmung noch weiter bewerben fügte sie hinzu: "Sekt gibt es gratis."

Der nächste Abend war ein voller Erfolg. Jedenfalls im Hinblick auf die zahlreichen Eindrücke, Begegnungen und Gefühlsregungen, die Mélodie auf der Vernissage und der anschließenden Party durchlebte. Eigentlich war die Party nur für die engsten Freunde des Künstlers gedacht. Es schlossen sich einige weitläufige Bekannte an und deren Freunde und Bekannte. Bei "Enzo", dem kleinen Italiener am Ende der Fußgängerzone wäre kein Stehplatz mehr zu ergattern gewesen. Es war Sonntagmorgen um fünf, als Mélodie sich kichernd von Edda und Paul im Treppenhaus verabschiedete. Leise zog sie die Wohnungstüre hinter sich zu. Sie war im wahrsten Sinne des Wortes berauscht. Berauscht vom Leben, von dreieinhalb Gläsern Sekt und vom Charme der Männer. Dann zog sie ihre High Heels aus. Sie warf sich auf ihr Bett, das Platz für zwei bot, wie sie lächelnd feststellte und genoss ein wohliges Gefühl am ganzen Leib. Der

Abend erinnerte sie an die Tänze am Lagerfeuer ihrer Kindheit. Ihr wurde bewusst, dass sie zuletzt so ausgelassen war, als sie dreizehn war. "Es gibt so viel nachzuholen, so verdammt viel." Sie griff nach ihrem karierten Collegeblock, der neuerdings ihr Tagebuch war.

Sonntag, 18. Juni 2017

Wow. Wo war ich bisher? Und wo will ich hin?
Alle lieben mich. Fast alle. Naja. Edda und die Männer.
Außer Paul. Der hat nur Augen für Edda.
Lucca will mich in Stein meißeln. Zum Glück ist er schwul.
Ich liebe das rote rückenfreie Kleid, das ich mit Edda gekauft habe.

Sie alle haben eine Vergangenheit. Sie kennen sich seit Jahren. Sie haben eine gemeinsame Geschichte, Männer und Frauen. Ich hab' keine. Fast keine. Naja. Mark aus dem Dorf zählt nicht. Damals war ich sechzehn. Wir haben uns dreimal heimlich getroffen, dann zog er weg. Und Kübler zählt auch nicht. Und Hannes sowieso nicht.
Pauline ist meine Vergangenheit. Sie hat nicht erwähnt, wie charmant sie sich anpirschen, wenn sie das Objekt ihrer Begierde im Visier haben. Vielleicht ist Beute sein gar nicht so schlecht.

Sie verschlief ihren sonntäglichen Morgenspaziergang. Ihr Kopf brummte. Schmunzelnd las sie ihren krakeligen Eintrag. Dann ging sie in die Küche, brühte Kaffee auf und ergänzte ihre To Do Liste an der Kühlschranktür um einen weiteren Punkt:

kurzfristig:
morgens spazieren gehen, Ruhe
Mo + Di + Fr: 9 Uhr Gärtnerei
Anmeldung Abendschule (Abitur), Finanzplan
Ausgehen mit Edda 1 x pro Woche
Tagebuch schreiben

mittelfristig:
Berufsfindung
Recherche Herkunftsfamilie
Liebesglück finden

III Engel in High Heels

Am Montagmorgen hörte sie ihre Mailbox ab. Edda hatte ihr eine Nachricht hinterlassen. "Hey, Süße, hast Du die Nachwehen von heute Nacht schon überstanden? Du bist vielleicht 'ne Partymaus. Hätte nicht gedacht, dass du so tanzen kannst. Sambarhythmen auf 'nem Mailänder Tresen...! Es gibt Beweisfotos, falls du es irgendwann einmal abstreiten willst!", scherzte sie. "Ich soll dich von Daliah grüßen. Es geht ihr besser. Was macht die Familienrecherche? Können wir uns am Freitagmittag sehen? Melde dich!"

Mélodie lächelte. Jetzt war es da. Das Gefühl, hier in Freiburg angekommen zu sein. Das Gefühl, dass es Menschen gab, mit denen sie verbunden war. Sie streckte sich vor dem Spiegel und betrachtete sich lange. Eigentlich fühlte sie sich ungeschminkt am Wohlsten. Die dunklen Reste der Wimperntusche vom Vortag unter ihren Augen verliehen ihr einen Hauch von Verruchtheit, den sie noch nicht von sich kannte. Sie imitierte Catwoman, die sie mit Edda im Kino gesehen hatte, betrachtete sich von allen Seiten, kicherte und wusch sich das Gesicht. "Was macht die Familienrecherche?", klang Eddas Frage in ihren Gedanken nach. Zum ersten Mal tat es nicht weh, an ihre Eltern zu denken. Es war nicht mehr Schwere und Wehmut, die sie empfand, wenn sie dieses Thema streifte, sondern Neugier und Freude. Ihre Eltern hatten ihre Gründe, sie zu Pauline zu geben. Und es mussten triftige Gründe gewesen. Dieser Gedanke hatte erstmals keinen bitteren Beigeschmack. Sie konnte sich wieder spüren an diesem Morgen und fand Momente, an denen sie wieder eins war mit sich und der Welt. Auf andere Weise als früher, aber dennoch alleins. Denn es gab Menschen, mit denen sie Erlebnisse teilen konnte, ihre Sorgen und ihre Freuden. Sie nahm einen Schluck Kaffee, goss ihre Kräutertöpfe auf dem Balkon, zog sich an und ging den mittlerweile vertrauten Weg durch die Innenstadt zur Gärtnerei. Sie war eine moderne junge Frau, der die Welt offenstand. So fühlte sich ihr neues Leben an. In Plateau-Schuhen beschritt sie das Kopfsteinpflaster der Fußgängerzone, als setze sie den ersten Schritt auf den Mond und wirkte dabei so souverän wie ein florentinisches Model. Sie genoss bewundernde Blicke und eroberte jeden Tag ein Stück mehr ihrer neuartigen inneren und äußeren Lebenswelten, die sich ihr in bunten Farben zeigten.

Die Wochen zogen mit dem Sommer ins Land. Zum Lebenshunger gesellte sich ein ausgeprägter Wissensdurst und mit ihm wuchs der Drang nach einer Antwort auf die Frage, wie sie ihre berufliche Zukunft gestalten wollte. Mit großem Interesse las sie die Tageszeitung, um sich Impulse für ihr Leben zu holen und mitzubekommen, was auf der Welt geschah. Aus einer Sammlung von Ideen reifte die

Gewissheit heran, zunächst das Abitur zu machen. Es sollte ihr Sprungbrett in weitere geistige Welten sein. Gleichzeitig wollte sie ihre Mission erfüllen, aus Liebe und Respekt zu ihrer Großtante Pauline. Ihr Dasein sollte einen Sinn machen. Sie wollte als Heilerin arbeiten. Es fühlte sich vertraut und richtig an. Eine gesellschaftlich anerkannte Legitimation war die Voraussetzung für eine eigene Praxis. Das hatte sie verstanden. Und das war gut. So konnte sie Paulines Heilkunst auf ihre Weise weiterführen. "Du bist und bleibst ein Teil von mir.", bemerkte sie im Stillen. Ihre enge Verbindung zu Pauline bestärkte ihren Entschluss. Sie schrieb sich an einer Fernschule für Heilpraktiker ein. An öffentliche Schulen hatte sie nicht die beste Erinnerung. Daher bevorzugte sie diesen Weg für beide Bildungsmaßnahmen. So konnte sie ihren Alltag weiterhin frei gestalten, wie es ihr gefiel. Sie entschied, wann sie in ihrem stillen Kämmerlein vor sich hin studieren wollte und, wann sie ihre Zeit mit auserwählten Menschen verbrachte. Mit jeder Faser ihres Daseins brauchte sie das Gefühl von Selbstbestimmung.

Die Anmeldungen an den Fernschulen waren unspektakulär. Edda unterstützte Mélodie beim Ausfüllen einiger Formulare und gab ihr den Tipp, einen Bildungsgutschein zu beantragen. Das war ebenfalls mit wenig Aufwand verbunden. Um jedoch eine Studienförderung zu erhalten, hätte Mélodie einige aus ihrer Sicht unangenehme Fragen zu ihrer Herkunft und zu ihrem bisherigen Leben beantworten müssen. Daher entschied sie, die Kosten für ihr Studium selbst zu tragen. "Das ist nicht dein Ernst! Du hast einen Anspruch auf staatliche Hilfe. Du bist 25 Jahre alt und hast noch keine Berufsausbildung. Außerdem hast du keine Eltern, die dich unterstützen. Mensch, sei doch nicht so blöd!", herrschte Edda sie an, als Mélodie ihr ihren Entschluss mitteilte. Aber wie bei allem, was Mélodie sich in den Kopf gesetzt hatte, war es zwecklos, ihr zu widersprechen. Ihr Stolz und ihr Eigensinn waren legendär. Das hatte Edda spätestens jetzt begriffen. Sie war wütend und beeindruckt zugleich über die Sturheit und das Selbstvertrauen der Freundin, wenn es um die Erreichung ihrer Ziele ging.

Hannes meldete sich von Zeit zu Zeit bei Mélodie. Er freute sich mit seinem Schützling über ihre Pläne. Bei ihm herrschte Hochsaison und seine Vertretung im Café machte sich rar. Die Kiste mit den versprochenen Utensilien aus Mélodies Hütte brachte er schon vor Wochen vorbei, als Mélodie gerade mit Edda unterwegs war. Er stellte sie vor ihre Türe. Mélodie schob sie in eine Ecke ihres Schlafzimmers, an der sie am wenigsten auffiel und schenkte ihr keine Beachtung. Es fiel ihr noch immer schwer, an ihr altes Zuhause zurückzudenken.

Die Fernschulen waren an keinen Semesterbeginn gekoppelt. So begann für Mélodie die schulische und berufliche Ausbildung zur gleichen Zeit. Auch darin war ihre Biografie außergewöhnlich und sie hatte ein souveränes Lächeln auf den Lippen, als sie die Zugangscodes zu den Onlineakademien aus dem Mailbriefkasten zog. Immerhin hatte sie mit Paul in den letzten Wochen einen Crashkurs für PC-Anwender erfolgreich durchlaufen. Sie wusste, dass ihr gelingen würde, was sie sich in den Kopf gesetzt hatte. Gut, der Preis war ein hoher, im wahrsten Sinne des Wortes. Sie opferte den Notgroschen, den Pauline ihr hinterließ und ihre Freizeit. Dafür winkten ihr geistige und finanzielle Unabhängigkeit. Zwei Güter, die es Wert waren, auf so Manches zu verzichten. "Der Mensch muss Prioritäten setzen.", übertönte sie gelegentliche nächtliche Zweifel und passte die Liste ihren neuen Lebensumständen an.

kurzfristig:
~~*morgens spazieren gehen, Ruhe*~~ *So Spaziergang* v
Mo + Di + Fr: 9 Uhr Gärtnerei v
~~*Anmeldung Abendschule (Abitur)*~~*, Finanzplan* v
Ausgehen mit Edda ~~*1 x pro Woche*~~ *2 x im Monat*
~~*Tagebuch schreiben*~~
Mi + Do: Lernen Abi
Mo + Di nachmittag und Woe: Lernen HP
Spontanes

mittelfristig:
~~*Berufsfindung*~~ *Abitur, Heilpraktiker*
~~*Recherche Herkunftsfamilie*~~
~~*Liebesglück finden*~~

langfristig
Recherche Herkunftsfamilie
Liebesglück finden

Mélodie war es gewohnt, alleine zu leben, auch wenn es ihr nicht immer leicht fiel. Mittlerweile bezeichnete sie sich selbst als "Singlefrau", wenn sie nach ihrem Lebensstil gefragt wurde, und es schwang ein wenig Stolz mit in ihrer Stimme. Früher hätte sie sich als einsame Wölfin bezeichnet. Doch als junge Studentin allein in einer Stadt zu leben machte sie fast zur Frau von Welt. Dabei ging es ihr nicht um Emanzipation. Das gute Lebensgefühl, das sie damit verband, hieß Freiheit.

Ihre beruflichen Ziele und ihr finanzieller Überlebenskampf ließen sich mit einer Beziehung ohnehin schwer vereinbaren. Zumindest redete sie sich das ein. Seit das Licht an den Sommerabenden wärmer und die Zugvögel unruhiger wurden, waren auch Mélodies Tage kürzer und kühler. Ihr Tagesablauf hatte sich verdichtet. Es war September. In den nächsten Monaten arbeitete sie nur noch, lernte oder schlief. Gelegentlich kaufte sie das Nötigste ein, um mit schnellen Gerichten bei Kräften zu bleiben. Mittlerweile traf sie sich höchstens noch zweimal im Monat mit Edda, meistens gingen sie zu Enzo oder mit gemeinsamen Bekannten etwas trinken. Ihre sozialen Kontakte im realen Leben waren begrenzt und soziale Netzwerke mied sie weitestgehend.

Ab und an stand sie für Lucca Modell, um sich ein Taschengeld dazu zu verdienen. Lucca liebte ihren makellosen Körper und machte keinen Hehl daraus. "Bella mia, was für ein Weib. Ein Weib, nackt wie Gott sie schuf. Und es gibt ihn doch! Bella mia!", flötete er in Variationen durch sein Atelier, während Mélodie mit schmunzelndem Blick aus dem Fenster schaute und versuchte, Ernst zu bleiben beim Anblick des Freundes, dessen aufgewühlte Gestalt sich in der Glasscheibe widerspiegelte. Sie hatte von Kindheit an ein archaisches Verhältnis zu ihrem Körper. Für sie hatte Nacktheit nichts Anrüchiges. Also hatte es für sie auch nichts Verwerfliches, nackt vor einem Künstler zu stehen. Schon gar nicht vor Lucca, dessen erotisches Interesse eher durch ein männliches Model geweckt worden wäre als durch sie. Wenngleich er in Mélodies Gegenwart behauptete, sich durchaus vom weiblichen Geschlecht angezogen zu fühlen. Mélodie wusste, dass es seinem italienischen Charme geschuldet war, solche Bemerkungen zu machen und fühlte sich in seiner Gegenwart gut aufgehoben. "Eine Sinfonie der Sinnlichkeit. Madre mio!", schwärmte er einmal vor sich hin. Es war die Mischung aus Natürlichkeit, Unschuld und subtiler Erotik, die Mélodies Wirkung auf die Menschen ausmachte. Nun, unschuldig war sie keineswegs. Jedenfalls nicht körperlich. Unschuldig war nur ihre fast kindlich wirkende Seele, die beim männlichen Geschlecht eine Art Schutzinstinkt auslöste.

Und bei ihrer Vorliebe für romantische Liebesgeschichten ist es kein Wunder, dass Mélodie sich in
solchen Momenten einen charmant lächelnden
Gentleman in wehendem Mantel, Schmalzlocke
und laszivem Lächeln herbeiträumte. Für einen
Dritten wäre der Anblick des ungleichen Paares in
einem Freiburger Atelier höchst amüsant gewesen.
Man stelle sich einen verzückten Frenetiker vor,
der am eigenen Leib so lehmverschmiert ist wie
die vor ihm stehende halbfertige Skulptur.
"Merda!", fluchte er unzählige Male bei dem Versuch, das tönerne Abbild der filigranen gläsernen
Schönheit gleichzumachen, und vor ihm stehend
ein Model, das ausschließlich durch körperliche
Anwesenheit glänzte. Mélodie liebte Situationskomik ebenso wie Hannes, nur bemerkte sie meist
nicht, wenn sie selbst Teil derselben war. Während
sie sich strikt an die vereinbarte Haltung hielt, zogen ihre Gedanken sie in diesen Stunden an unbekannte Orte. Orte, die ihre Sehnsucht stillten und,
an denen sie eine Ahnung bekam vom Glück zweier
Liebender. Zwei wie Edda und Paul. Die beiden
hatten sich gefunden. Sie schienen einander zu genügen und waren einander der Mittelpunkt der
Welt. Sie hatte nicht das Gefühl, dass irgend ein an-
derer Mensch bei den beiden eine wesentliche Rolle spielen könnte. Schon gar nicht ihre beiden Familien. Von gelegentlichen Mittagessen bei Pauls
Mutter einmal abgesehen, hatten sie so gut wie keinen Kontakt zur Verwandtschaft. Mélodie malte
sich aus, wie der Traummann an ihrer Seite ausse-

hen müsste, um ihr Verlangen nach ihrer Familie erblassen zu lassen. Vielleicht konnte sie ihre Sehnsucht vor Lucca verbergen und seinem verklärten Künstlerblick, nicht jedoch vor den Männern, denen sie auf der Straße, in der Gärtnerei oder beim Italiener an der Ecke begegnete. Sie zog sie an wie die Fliegen das Licht. Das fiel selbst Edda auf und sie neckte sie immer wieder damit. "Es wird Zeit, dass du einen netten Kerl abkriegst."

"Ich kenne nur drei nette Männer. Der eine könnte mein Vater sein, der zweite ist schwul und der dritte liebt meine Nachbarin. Das sieht schlecht aus für mich.", konterte Mélodie und damit ließen sie dieses Thema auf sich beruhen. Wenn sie sich in den nächsten Wochen im Treppenhaus begegneten, war Mélodie meist in Eile. Sie umarmte Edda herzlich und versprach, sich kurzfristig zu melden, um mit ihr eine gemeinsame Tasse Kaffee zu trinken. Doch dabei blieb es meist. Sie war guter Dinge, strahlte und sprühte vor Energie. Edda freute sich, dass Mélodie offenbar in ihrem neuen Leben angekommen war und hatte Verständnis, dass die Freundin sich rar machte.

"Um 20 Uhr in der Lobby des Parkhotels? Ja. - Ja, sehr gerne. Ich freu' mich." Mélodie beendete das Telefonat und strahlte. Ihr Herz klopfte bis zum Hals und ihre Wangen färbten sich rot.

*Warum sollte ich mich länger vor den Männern ver-
stecken? Warum meine Weiblichkeit, meine Lust
und die Neugier auf das Spiel mit dem Feuer hinter
einer Fassade aus Gleichgültigkeit und wallenden
Ballonhosen verbergen? Wohin hat es mich geführt,
wie ein scheues Reh davonzulaufen, wenn sich einer
anpirscht? Sie haben mich ja doch im Visier, lauern
an verborgenen Ecken. Sie wollen mich kriegen und
als Trophäe in ihre Beutesammlung einreihen. Und
ich? Ich kokettiere und locke, um dann vor ihren Augen abzutauchen in meinen Kerker der Einsamkeit.
Wofür?
Hannes hat recht. Es ist Zeit, die Sonnenseiten der
Liebe zu entdecken. Auf meine Weise. Und nach meinen Regeln. Schluss mit dem Versteckspiel. Jetzt
gehe ICH auf die Jagd!
Verzeih', geliebte Pauline.*

An jenem Freitagabend verließ sie das Haus kurz
vor acht in einem karamellfarbenen Kostüm und
roten Lederpumps. Ihr Lippenstift hatte die Farbe
ihrer Schuhe und ihr Haar war am Hinterkopf lose
zusammengebunden. Schillerlocken zierten ihren
schlanken Nacken. Eine italienische Lederhandta-
sche rundete die Komposition ihrer Erscheinung
elegant ab. Sie sah aus, als käme sie direkt vom
Laufsteg eines italienischen Modeschöpfers. Fünf
Stunden später stakste sie erschöpft durchs Trep-

penhaus in die erste Etage und zog leise ihre Wohnungstüre hinter sich ins Schloss. Sie löste ihren Haarknoten und die Anspannung unter einer warmen Dusche und ging mit einem zufriedenen Lächeln ins Bett. "Vive la liberté.", flüsterte sie mit Blick an den nächtlichen Himmel. Frei leben tat sie schon lange, aber frei fühlen konnte sie sich erst seit dieser Nacht.

Am nächsten Morgen erwachte sie spät. Das erste Mal seit Langem gönnte sie sich einen lernfreien Tag.

Die Tage waren nun kurz und grau. Der Storch hatte schon seit Wochen sein Nest verlassen, während Mélodie sich zunehmend Zuhause eingrub. Tagsüber verließ sie ihre Wohnung nur noch zum Einkaufen oder, um den Müll rauszutragen. Sie trug meist ihren gemütlichen Germanistikstudentenlook, hatte ihre Mähne in einem losen Knoten gebändigt und wirkte abwesend aber zufrieden. Ihre Wohnküche hatte sie zum Studierzimmer umfunktioniert. Überall lagen Bücher und Ordner, das Laptop war immer online. Diszipliniert arbeitete sie ihre Lerneinheiten ab und hatte schon bald erste Klausuren zu schreiben. Edda registrierte in dieser Zeit, dass Mélodie morgens nicht mehr wie sonst das Haus verließ, um in der Gärtnerei zu arbeiten. Stattdessen ging sie ein bis zweimal die Woche abends chic aus dem Hause und strahlte. Edda war alles recht, was die Freundin glücklich machte. Dennoch beschloss sie, sie an ihrem nächsten gemeinsamen Abend ins Kreuzverhör zu nehmen, um zu erfahren, was der Grund für die Veränderung war. "Bestimmt ist er 1,80 m groß und sehr charmant.", unkte sie mit Paul über die geheimnisvollen Anwandlungen ihrer vertrauten Nachbarin.

"Ich hab' Dich sofort erkannt, *Fleur*." Mit ironischem Unterton hauchte er ihr ihren Nicknamen ins Ohr. Er grinste sie verschmitzt an und half ihr aus dem Mantel. Mélodies Puls raste. Sie setzten sich an einen Zweiertisch am Fenster eines Nobelrestaurants am Rande der Stadt und waren umgeben von einem Meer aus Kerzenschein und vorweihnachtlichem Lichterschmuck. Im Hintergrund verkündeteten Panflötenklänge zart das bevorstehende Fest. Mélodie bekam weiche Knie. Sie wusste nicht, ob es an der Musik lag, an seinem Charme oder daran, dass ihre Tarnung aufgeflogen war. Er bestellte zwei Gläser Champagner. Wie zwei rivalisierende Raubkatzen starrten sie sich in die Augen. Keiner wollte den ersten erlösenden Satz sagen, um die Situation zu entschärfen. Der Kellner brachte den Champagner und sie nahmen für einige Momente nur noch sich selbst wahr. Alles um sie herum verblasste. Er stellte eine kleine dunkelblaue Schmuckdose vor sie hin. Das Label darauf kam ihr vertraut vor. Es war nicht ungewöhnlich, dass der Herr des Abends beim ersten Treffen ein Präsent bereithielt. Ungewöhnlich war nur der Zeitpunkt. Sie öffnete die Dose und fand eine Kette aus Perlen darin.
"Die Tränen der Schwarzwaldnixe. Ich hoffe, es wa-

ren deine letzten Tränen, Fleur. Oder darf ich dich Mélodie nennen?"

"Sehr witzig.", konterte sie mit gefletschten Zähnen. Innerlich war sie überrascht über den Einfallsreichtum des Touristikzentrums, das für die Auswahl der Souvenire am Wünschesee zuständig war. Sicher war es Karsten Küblers glorreicher Einfall, davon war sie überzeugt. Sie fühlte sich in mehrfacher Hinsicht von der Vergangenheit eingeholt, ja überrumpelt.

Es war ihr sechstes Treffen mit dem vierten Mann in vier Wochen. Aber er war der erste, der sie bei ihrem Namen nannte. Auf der Internetseite der Eskortfirma hieß sie schlicht Fleur, wie ihre verschollene Mutter.

"Hast dich kaum verändert, Mark. Nur die Margerite im Knopfloch fehlt."

"Und du? Heute so ganz ohne Leibwächterin unterwegs, Mélodie?"

Sie überhörte die Anspielung auf Paulines walküreartigen Auftritt mit dem Besen vor knapp zehn Jahren. Es gab andere Erinnerungen, die die beiden verbanden. In in ihren Blicken lag Wehmut. Vielleicht über den Verlust ihrer einstigen Unbekümmertheit. Sie waren süße sechzehn und sehr verliebt, bevor Mark mit seiner Familie wegzog aus Berghausen.

"Ich hab' dich dreimal herbeigewünscht, als ich abends am Steg saß damals. Und jedesmal kamst du prompt.", erinnerte sie sich lächelnd.

"Und *WEN* hast du dir *HEUTE* Abend herbeigewünscht?"

Ihr Blick wurde ernst. Heute war alles anders. Dies war für sie ein rein geschäftlicher Anlass. Mark hatte sich mit 'Förster', seinem Nachnamen ankündigen lassen. Davon gab es reichlich in dieser Gegend und sie hatte keine Ahnung, wer sie erwartete. Sie finanzierte ihr Studium neuerdings mit der Begleitung von Businessmännern. So wurden die Anlässe offiziell bezeichnet. Mit ihrem Charme, ihrem Esprit und ihrer Erscheinung wurde sie mit Handkuss ins Verzeichnis der Eskortdamen aufgenommen. Sie wurde als "exotische Schönheit" angepriesen und galt als "leicht vermittelbar". Es war kein Geheimnis, dass die Herren sich häufig erotischer Dienste ihrer meist hübschen und jungen, aber stets kultivierten Begleiterinnen bedienten. Bis zu einem gewissen Grad spielte sie dieses Spiel auch gerne mit: Chic ausgehen, gut essen, Spaß haben, flirten, tanzen und Champagner trinken, darauf war sie eingestellt. "Ein bisschen leichtes Leben bei so viel grauer Theorie kann nicht schaden.", dachte sie, als ihr Entschluss reifte. Keine Grundsatzdiskussionen mehr mit Irene über die Vorzüge von Wildkräuterkultivierung. Sie war sich selbst kultiviertes Wildkraut genug. Mit ihrer neuen Einnahmequelle sparte sie eine Menge Arbeit, Zeit und Geld. Und es machte ihr Spaß, umgarnt zu werden. Ihre Wandlung von der Unschuld vom Lande zur Frau von Welt in wenigen Monaten vollzog sich rasant. Hannes hätte sie nicht wiedererkannt, wenn er ihr am Abend auf dem Weg zu einem Auftrag begegnet wäre. Sie war zur Frau geworden und setzte ihre Wirkung auf Männer erstmals zu ihrem Vorteil ein. Sie war eine hervorragende Beobachterin. Die üblichen Katz und Maus Spiele zwischen Mann und Frau beherrschte sie nach kurzer Zeit. Bis zu einer gewissen Grenze. Nach ihrem ersten Date wurde ihr klar, dass sie sich nur einem Mann hingeben konnte, den sie auch liebte. Sie war nicht der Typ Mensch, der körperliche Liebe und Gefühle trennen konnte. Für sie war die Liebe eine Vereinigung auf allen Ebenen. Der Verschmähte erwies sich als Gentleman, und sie verbrachten einen lustigen Abend mit intensiven und überraschend ehrlichen Gesprächen. Seither hielt sie sich an ihren Grundsatz: "No sex!", stand plakativ in ihrem Eskortprofil. Gut, das behaupteten viele Frauen dieser Branche. Einige Kolleginnen genossen die sexuellen Freiheiten, die die Arbeit mit sich brachte dennoch. Soviel wusste sie. Und Mark Förster wusste es auch. Die Luft war spannungsgeladen. Sie holte zur Gegenfrage aus.

"Und *WAS* hast *DU* heute Abend erwartet, als du mich hierher bestellt hast?"

Nun war er es, der ernst wurde. Es schien schwerlich der geeignete Rahmen für ein romantisches Stelldichein. Beiden war bewusst, dass sie nicht mehr dieselben waren, die sich damals zärtlich im Schutze des Dickichts an einem Moorsee liebten. Dieses Treffen hatte nichts Unschuldiges. Er blieb ihr ebenso eine Antwort schuldig. Doch ein Blick in die Augen des anderen machte beiden klar, dass dieser Abend außer Kontrolle geraten könnte, ganz gleich was sie jeweils vom Anderen erwarteten. Sie bestellten das zweite Glas Champagner und fanden sich kurz darauf wortlos und eng umschlungen auf der Tanzfläche wieder. Zu "My way" konnte man wunderbar ineinander versinken. Und zum Reden blieb noch so viel Zeit.

kurzfristig:
~~morgens spazieren gehen, Ruhe~~ So Spaziergang v
~~Mo + Di + Fr: 9 Uhr Gärtnerei~~ v
~~Anmeldung Abendschule (Abitur)~~, Finanzplan v
Ausgehen mit Edda ~~1 x pro Woche~~ 2 x im Monat
~~Tagebuch schreiben~~
Mi + Do: Lernen Abi
Mo + Di Nachmittag und Woe: Lernen HP
Spontanes - **Mark**

mittelfristig:
~~Berufsfindung~~ Abitur, Heilpraktiker
~~Recherche Herkunftsfamilie~~
~~Liebesglück finden~~

langfristig
Recherche Herkunftsfamilie
~~Liebesglück finden~~

Sonntag, 18. November 2017

TandemSpringer

AugenBlicker
fallen ineinander
AbGründer
ersehnen Rettung in der Tiefe

Ich OrtLose
auf der Suche nach Grund

Du LiebesFreudiger
Nährboden meiner Lust

AugenBlicker
fallen immer noch
ehrlich und nackt

Ich liebe das Leben!

"Edda! Edda, mach' auf, schnell!" Mélodie trommelte am hellen Sonntagmorgen fast die Wohnungstüre ein. Sie hatte diese Nacht mit Mark verbracht. Die Freundin öffnete und sie fiel ihr schluchzend vor Freude um den Hals. "Edda, nun weiß ich es. Ich weiß es einfach. Ich weiß nun, warum ich mich so lange vor den Männern versteckt habe. So muss es sich anfühlen, wenn es der Richtige ist. Genau so! Das kann nicht falsch sein. Es ist so.... so..."

"Echt? - Komm' erst einmal zur Türe rein, du verliebtes Huhn. Ich koche uns einen Kakao, und dann will ich Details!" Sie erzählte Edda, wie unverschämt gut aussehend ihre Jugendliebe mit den graugrünen Augen, dem verwegenen Lächeln und den mittelblonden Haaren war. Sie schilderte ihr eigenwilliges ersten Treffen am Freitagabend, die knisternde Stimmung, die den Abend durchzog, ihre stürmische Liebesnacht und reihte ihren neuen Job bei der Eskortfirma mit einer Selbstverständlichkeit in die Flut der Neuigkeiten, als ginge es um die Rezeptur eines Senfwickels. Edda trank vor Aufregung beide Tassen Kakao und kochte gleich darauf eine Kanne Beruhigungstee mit einer Prise Zimt. Der Mund stand ihr noch immer offen. Nachdem sie zu Wort kam, hielt sie der Freundin eine Standpauke über die Grenzen persönlicher Freiheit und den Beginn käuflicher Liebe. Dann beruhigte sie sich allmählich und beide saßen im Schneidersitz, jeweils ein Kissen umarmend auf der Couch und hängten für einen Moment ihren jeweiligen Gedanken nach. Edda war hin- und hergerissen zwischen dem Gefühl von Entsetzen über die Unbekümmertheit, mit der Mélodie von ihrer neuen Einkommensquelle erzählte und der Freude über das Liebesglück der Freundin.

"Woher kommt er?", fragte sie in beiläufigem Ton und versuchte, sich ihr Gefühlschaos nicht allzu sehr anmerken zulassen.

"Er lebt in Baden-Baden. Dort hat er ein eigenes Büro und eine Wohnung. Er hat mir Fotos gezeigt." Mélodies Augen glänzten.

"Oho. Und wovon lebt er?"

"Er ist Immobilienmakler."

"Ein Makler aus Baden-Baden, wie bodenständig." Mélodie überhörte Eddas ironischen Unterton.

"Und wie geht es nun weiter mit euch zwei Turtel-tauben?" Edda bemühte sich, nicht all zu neugierig zu wirken. Mélodie schwieg für einen Moment. "Ich weiß nicht wie, ich weiß nur, dass es weitergeht."

"Die Liebe findet immer einen Weg. Baden-Baden ist nicht aus der Welt." Edda nahm den letzten Schluck Tee aus ihrem Becher. Aus ihrem Munde klang immer alles so klar und einfach. Mélodie lehnte sich zurück und schloss die Augen. Es stan-den einige Fragen im Raum. Aber beide wussten, dass es noch nicht an der Zeit war, über das Meis-tern von Beziehungsalltag einer so jungen Liebe nachzusinnen. Also blieben die Fragen unausge-sprochen, zumindest fürs Erste.

Die nächsten Wochen zählten zu den glücklichsten in Mélodies Leben. Das Gefühl von Verliebtheit ver-lieh ihrer Seele Flügel und sie schwebte förmlich durch die Adventszeit. Sie erlebte das erste ge-meinsame Weihnachtsfest im Kreise ihrer Vertrau-ten und im Herzen Freiburgs. Früher verbrachte sie den Heiligen Abend alleine mit Pauline. Auch wenn die gute Alte nicht besonders religiös war, bemühte sie sich alle Jahre wieder, für ihren

Schützling ein schönes Fest zu bereiten. Sie backte Schokoladenkuchen mit gerösteten Mandeln, schmückte die Hütte mit Tannenreisig und zündete Kerzen an. Am Abend gab es duftenden Kräutertee mit Ingwer, Honig und Zimt, dazu Speckknödel mit getrockneten Champignons in Rotweinsoße. Am Abend sangen sie französische Volkslieder und lasen alte Geschichten aus fremden Ländern und Kulturen. Sie erinnerte sich, wie Pauline ständig die Brille von der Nase rutschte und wie oft sie darüber lachten, wenn sie sie in der kleinen Hütte mal wieder verlegt hatte. Auch in diesem Jahr nahm sich Mélodie ein paar Minuten Zeit, um eine Kerze anzuzünden für Pauline. Es waren gute Jahre bei ihr. In ihren Gedanken dankte sie der Ziehmutter für die Unbekümmertheit ihrer Kindheit und Jugendjahre. Es war jetzt nicht die Zeit für Fragen nach ihrer Herkunft oder nach Gründen für ihr abgeschiedenes Leben. Es war die Zeit der Dankbarkeit. Dann pustete sie die Kerze aus, zog ihren roten Filzmantel über und ging mit Mark, Edda und Paul zu Enzo, um dort ein romantisches Candle-Light-Dinner zu viert zu verbringen.

Am späten Abend gesellte sich Hannes als Überraschungsgast zu ihnen. Sie aßen vegetarische Pizza, redeten, spielten und lachten die halbe Nacht. Ein Gefühl von Demut umgab sie. Sie blickte aus dem hohen Rundbogenfenster gen Himmel, schickte Storch und Nachtigall weihnachtliche Grüße und dem Universum ihren Dank für den Kreis ihrer Lieben. Dies war ihre Wahlfamilie. Und Mark war der

Mann an ihrer Seite, mit dem sie sich komplett fühlte. So sollte es sein. Für einen Moment glaubte sie, Pauline stünde lächelnd am Fenster. Melancholie und Sehnsucht ihrer Jugendjahre waren wie weggeblasen. Der Gedanke an ihre leiblichen Eltern war wie das Fehlen eines Mosaiksteines in einem Gesamtkunstwerk. Voller Vorfreude sah sie dem Tag entgegen, an dem sie die Lücke füllen und ihr Glück vervollkommnen würde. Fast hätte sie noch zwei Stühle an den Tisch gestellt. Es konnte wahr werden. Sie war sich sicher. Alles zu seiner Zeit.

kurzfristig:
~~morgens spazieren gehen, Ruhe~~ _So Spaziergang_ v
~~Mo + Di + Fr: 9 Uhr Gärtnerei~~ v
~~Anmeldung Abendschule (Abitur)~~, _Finanzplan_ v
Ausgehen mit Edda ~~1 x pro Woche~~ 2 x im Monat
~~Tagebuch schreiben~~
Mi + Do: Lernen Abi
Mo + Di Nachmittag und Woe: Lernen HP
Spontanes - **Mark**

mittelfristig:
~~Berufsfindung~~ _Abitur, Heilpraktiker_
~~Recherche Herkunftsfamilie~~
~~Liebesglück finden~~

langfristig

Das Neue Jahr begann leidenschaftlich. Mélodie durchlebte eine intensive Zeit des Liebens und Lernens. Mit Mark traf sie sich fast nur an den Wochenenden. Die beiden pendelten zwischen Freiburg und Baden-Baden hin und her. Bald schon fand sie Gefallen am Glamour der historisch imposanten Stadt mit ihrem reichen Kulturleben, den reichen Bürgern und den pompösen Gebäuden. An den Wochenenden bei Mark gingen sie abends in Konzerte oder ins Ballett und danach ins Spielkasino. Manchmal trafen sie sich mit Geschäftsleuten, zu denen Mark eine berufliche Verbindung pflegte. Ihm entging nicht, dass seine Begleiterin mit ihrem bezaubernden Akzent und ihrer zurückhaltenden und geheimnisvollen Ausstrahlung rasch die Aufmerksamkeit seiner Kollegen auf sich zog. Mélodie blieb distanziert. Oft wurde sie gefragt, aus welchem Teil Frankreichs sie stamme. "Aus Orange.", antwortete sie knapp und wechselte dann souverän das Thema. Sie wusste, dass Mark vom ersten Treffen an von Zweifeln geplagt wurde. "Unsere Liebe steht unter keinem guten Stern.", meinte er nach ihrer ersten Nacht. "Du hast dir diesen Stern ausgesucht.", erwiderte Mélodie mit ihrer fröhlichen Art und wischte sein Hadern mit einem liebevollen Kuss aus seiner sorgenvollen Miene. Die Rahmenbedingungen ihres Wiedersehens machten ihm zu schaffen. Mélodie stellte ihre Begleitdienste nach jener ersten Nacht sofort ein und stand der Eskortfirma nicht mehr zur Verfügung. Ihr Profil wurde im selben Monat gelöscht. Dennoch war er misstrauisch. Er hätte das niemals zugegeben. Seine Zweifel zeigten sich eher subtil. Wenn sie zusammen waren, beobachtete er ihr Verhalten in der Öffentlichkeit. An den Wochentagen rief er sie abends oft zweimal an oder er stand unangekündigt an der Tür, um sie zu überraschen. Anfangs freute sich Mélodie darüber. Mit der Zeit reagierte sie irritiert, bislang verletzt. Sie war eine Frau, die mit offenen Karten spielte, das sollte er eigentlich spüren. Sie war ihm gegenüber zärtlich, ehrlich und aufrichtig. Er hingegen war verschlossen und wortkarg. Nach und nach wurde sie sich seiner inneren Not bewusst und sprach ihn offen darauf an.

"Ohne Männer keine Eskortdienste. Es gehören zwei dazu. Du selbst hast mich bestellt."

"Ich hatte dein Foto von einem Kollegen. Er hat von dir geschwärmt. Es ist nicht meine Art, für ein Treffen zu bezahlen.", entgegnete er ernst. Mélodie glaubte ihm. Sie wusste nichts zu erwidern. Sein letzter Satz versetzte ihr einen kurzen Stich und seine Ehrlichkeit rührte sie. Es war nur eine Frage der Zeit, bis ihre Zuversicht und ihr bedingungsloses Vertrauen von ihm erwidert würde. Die Zeit heilte alle Wunden. Das war schon immer so. Pauline hätte sich möglicherweise im Grabe umgedreht ob ihrer Leichtgläubigkeit, doch das tat nichts zur Sache. Beziehung bedeutete Auseinandersetzung.

Ihre Nachbarn waren das beste Beispiel dafür. Paul und Edda stritten sich selten, aber wenn, dann leidenschaftlich und laut. Und am Ende versöhnten sie sich. Dann wurde es still hinter Mélodies Wohnzimmerwand. Und wenn die Stille dann von Eddas Kichern durchbrochen wurde, atmete Mélodie erleichtert durch und widmete sich wieder ihren Angelegenheiten. Sie war keine Frau, die leichtfertig vor Problemen davonlief. Und wie bei allem was sie tat, tat sie es aus tiefster Überzeugung. Also schaute sie keinen anderen Mann an, schenkte Mark zärtliche Blicke und suchte in jeglicher Hinsicht seine Nähe. Neben der Beziehungsarbeit und ihrem Studium blieb ihr kaum Zeit für die Suche nach einem neuen Job. Allmählich wurden ihre finanziellen Mittel knapp.

Der Winter neigte sich dem Ende zu und die Zeit der Narren war vorüber. Mélodie war erleichtert. Das bunte Treiben der Menschenmassen war ihr zuwider. Sie verbrachte die vergangenen Tage in ihrer Wohnung und lernte Physiognomie und Spanisch. Auf den Straßen lagen Reste von Konfetti und die Schaufenster kleiner Boutiquen waren teilweise noch mit bunten Luftballons und Bändern geschmückt. Heute Nachmittag machte sie sich auf den Weg zu einer Verabredung. Unsicher betrat sie das Café neben der Kathedrale im Zentrum der Stadt. Ihr Blick fiel auf ein vertrautes Gesicht. "Manche Leute verändern sich nicht.", stellte sie im Stillen fest. Carmen hielt Ausschau nach ihr und winkte sie mit freundlicher Zurückhaltung zu sich heran. Die frühere Bekannte von Pauline fuhr sich durch ihr graumeliertes Haar und strich ihre cremefarbene Bluse über den wollenen Rock, als wollte sie sicher sein, dass sie einen ordentlichen Eindruck machte. Seit Paulines Beerdigung war Mélodie ihr nicht mehr begegnet. Die Pfarrersfrau hielt damals eine schlichte Grabrede. Pauline war weder getauft noch war sie Teil einer anderen Glaubensgemeinschaft. Ein paar tröstende Worte für ihre Großnichte, das war alles, worum die Alte sie bat. Kaum ein Dutzend Trauergäste waren gekommen, um der alten Heilerin die letzte Ehre zu erweisen. Es waren Bewohner aus den umliegenden Dörfern. Außer Mélodie kam niemand von ihrer Familie. Pauline legte zu Lebzeiten keinen Wert auf den Kontakt zu ihr, weshalb sollte sie ihn im Tode wünschen? Das war Mélodie bewusst und so blieb der Kreis der Trauernden ein kleiner. Carmen war eine der wenigen Menschen, mit denen Pauline gelegentlich eine, wenn auch kurze, Konversation pflegte. Mélodie konnte sie nie besonders leiden. Hinter ihrer Fassade aus christlicher Nächstenliebe verbarg sie etwas. Das konnte Mélodie spüren. Sie hatte nie ein freundliches Wort für Mélodie übrig. Ernste Blicke waren das einzige, womit sie das Mädchen all die Jahre bedachte. Und an Carmens Gedanken war Mélodie weiß Gott nicht interessiert. Nur an diesem Tag, der für Mélodie der schwerste ihres Lebens war, folgte ihr die Mittfünfzigerin auf dem Weg zur Hütte und lud sie ein, sie doch einmal auf eine Tasse Tee zu besuchen. Für

Mélodie war es eine Geste der Nächstenliebe, die sie ihr hoch anrechnete. Angenommen hatte sie das Angebot nicht.

"Grüß Gott, Mélodie. Gut siehst du aus. Das Stadtleben bekommt dir. Danke, dass du gekommen bist." Sie stieß ihr Wasserglas um bei dem Versuch, Mélodie die Hand zu reichen. Mélodie ignorierte es und hängte ihren roten Filzmantel über den Stuhl. Ihr Haar war streng nach oben gebunden und sie trug eine weiße Bluse mit einer engen Jeans. Sie demonstrierte, dass sie nicht mehr das Püppchen aus der Waldhütte war.

"Guten Tag, Frau Ruf. Sie haben sich überhaupt nicht verändert. Wie geht es Ihnen?", fragte sie förmlich zurück und setzte sich zu ihr an den kleinen Bistrotisch. Carmen bekam vor Aufregung rote Wangen. Sie bestellten zwei Tassen Cappuccino. Dann herrschte für einen Moment betretenes Schweigen. Mélodie hatte keine Ahnung, warum Carmen um dieses Treffen bat. Um einen heilkundigen Rat ging es wohl kaum, soweit konnte sie die Lage einschätzen. Dafür war die Kontaktaufnahme zu unorthodox.

Mélodie hatte erst vor wenigen Wochen die Muse gefunden, den Umzugskarton, den Hannes ihr im Sommer vorbeigebracht hatte, auszuräumen und die wenigen alten Sachen in ihren Haushalt und ihr neues Leben zu integrieren. Neben Töpfen, Tassen, Geschirrtüchern und ein paar persönlichen Dingen fand sie den Schlüssel für ihr altes Zuhause und einen Schuhkarton mit wenigen alten Fotos, Postkarten und vergilbten Briefen. Sie ahnte nicht, dass auch der Schlüssel zu ihrer Vergangenheit darin lag. Ganz oben drauf fand sie einen ungeöffneten Brief, der an sie adressiert war. Er war von Carmen. Das überraschte Mélodie nicht sonderlich. Hannes hatte ihn am Telefon einmal erwähnt. Carmen habe ihn vor einiger Zeit bei ihm vorbeigebracht mit der Bitte, ihn bei Gelegenheit an Mélodie weiterzuleiten. Seither waren Monate vergangen. In wenigen Zeilen bat sie um ein persönliches Treffen und notierte ihre Telefonnummer darunter. Mélodie brauchte mehrere Anläufe und weitere drei Wochen, bis sie zum Telefonhörer griff, um sich bei ihr zu melden. Das war vor drei Tagen.

"Mélodie, ich kann mir vorstellen, dass du verwundert bist über meine Bitte um dieses Treffen." Mélodie erwiderte nichts und schaute sie weiterhin erwartungsvoll an.

"Nun, ich weiß nicht so genau, wie ich anfangen soll." Mélodie schaute sie noch immer erwartungsvoll an, zog aber währenddessen ihren Schal aus und hängte ihn über ihren Stuhl. Ihr Blick fiel auf Mélodies Amulett, das sie wie immer um den Hals trug. Carmen stockte der Atem.

"Du trägst es. Wie schön.", meinte sie dann fast erleichtert.

"Mein Schutzamulett? Es ist von Pauline." Carmen seufzte und schlug für einen Moment die Augen nieder, dann schaute sie Mélodie entschlossen an.

"Pauline war nur der Überbringer. Es ist das Amulett deiner Mutter, deiner leiblichen Mutter. Sie hat es mir vor vielen Jahren für dich gegeben." Ein Stich durchfuhr Mélodies Leib. Tränen schossen ihr in die Augen. Mit aufgerissenen Augen hörte sie Carmen weiter zu. "Ich habe sie in der Kirche auf einer Bank sitzend gefunden. Sie saß dort mit verweinten Augen und betete. Du warst damals knapp fünf. Du kennst Berghausen. Fremde fallen dort auf wie bunte Hunde, jedenfalls damals. Ich habe sie gefragt, ob ich ihr helfen könne. Sie redete wie ein Wasserfall auf mich ein in einer Sprache, die ich nicht kannte, und sie weinte. Ich verstand kein Wort. Dann sagte sie mehrmals 'Ma petite fille. Ma petite.' An ihrem Akzent konnte ich sie zuordnen. Ich erinnerte mich, dass ich ihr wunderschönes Gesicht mit den langen schwarzen lockigen Haaren schon einmal gesehen hatte. Es war etwa einein- halb Jahre zuvor, als sie dich zu Pauline brachte. Damals fuhr sie mit einem roten Cabriolet mit fran- zösischem Kennzeichen durch unser Dorf."

Mélodies Atem war schnell und flach. Ihr Puls raste und ihre Nasenflügel bebten. Sie fragte sich stän- dig, was ihr Gegenüber ihr sagen wollte. Carmen hielt kurz inne. Sie wirkte wie jemand, der die Bür- de eines dunklen Geheimnisses für lange Zeit mit sich herumtrug und sich nun davon befreite. Sie gab dem Mädchen Zeit, ihre Worte zu erfassen. Mélodie blieb still. Dann fuhr Carmen fort. "Ich bat sie, in der Kirche auf mich zu warten. Ich lief zu eu- rem Bauwagen und fragte Pauline, was geschehen sei. Doch sie war außer sich vor Wut. Sie schrie mich an, ich solle mich aus der Angelegenheit raushalten. Die Kleine gehöre nun zu ihr. Da wusste ich, dass Fleur Dich Nachhause holen wollte. Aber Pauline ließ es nicht zu." Mélodie schluchzte kurz laut auf. Carmen sprach zügig weiter, als hätte sie Sorge, Mélodie liefe ihr davon, ehe sie die Geschichte zu Ende erzählt hätte. "Mit Pauline war nicht zu reden. Du kennst sie. Deine Mutter fuhr fort und hat dich nicht einmal gesehen. Doch sie kam wieder, immer wieder. Mindestens einmal im Jahr kam sie, um dich zu beobachten, wie du von der Schule Nachhause liefst oder im See gebadet hast. Ihr Auto parkte sie immer an derselben Stelle hinter der Kirche und lief dann mit Sonnenbrille und Kopftuch umhüllt durchs Dorf in der Annahme, wir erkannten sie nicht. Und alle wussten Bescheid. Alle wussten es. Doch niemand sprach sie darauf an. Wie ein Geist huschte sie durch die Gassen und Wälder. Zuletzt sah ich sie in dem Sommer, als Pauline das letzte Mal mit dir zur Sonnwendfeier kam. Deine Mutter kam ins Pfarrhaus und überreichte mir das Amulett. 'C'est pour Mélodie. Protection et reconnaissance pour ma petite fille.', sagte sie und streckte mir das Amulett entgegen. Ich hab' mir das sofort aufgeschrieben. Mein französisch ist miserabel."

"Schutz und Erkenntnis, ja? Schutz und Erkenntnis für meine kleine Tochter?", schrie Mélodie ungehalten. "Und damit kommen Sie JETZT zu mir? Nach all den Jahren? Warum? Hat Sie ihr Gewissen lange genug geplagt? Wollen Sie sich Erleichterung verschaffen? Soll ich Ihnen Absolution erteilen?

Dies ist ein Café, kein Beichtstuhl! Was ist mit mir? Wer hat mich beschützt vor der Fehlbarkeit meiner Familie? Ich hätte eine Mutter haben können! Eine richtige Mutter! Ich hätte ein Leben haben können wie jedes andere Mädchen auch! Alle haben es gewusst, aber niemand hat gefragt, wonach ICH mich sehne!" Sie sprang auf und Carmen wurde in ihrem Bistrosessel noch kleiner. "Und was ist mit Pauline?", fuhr sie lautstark fort. "Sie ist alles was ich je hatte. Sie war meine ganze Welt. Und sie behaupten heute, dass der einzige Mensch, dem ich in Kindheit und Jugend vertraute, mich um die eigene Mutter betrogen hat? Ist das die Erkenntnis, mit der sie mich heute konfrontieren? Wie können Sie es wagen!" Sie holte tief Luft, riss sich das Amulett vom Hals, warf es zu Boden und stürmte zum Ausgang. "Melodie, Mélodie beruhige Dich, Kind. Ich habe mehrmals versucht mit Pauline zu reden. Ich..."

Mélodie hörte Carmens Worte nicht mehr. In den wenigen Gehminuten bis zur Bäckergasse rauschte ihr Kopf. Die Welt war unerträglich laut. Die Stadt schien sie anzuschreien. Tränen rannen über ihr Gesicht. Ihr Blick auf den Gehweg und ihr Blick auf die Dinge war verschleiert. Tausend Fragen gingen ihr durch den Kopf. Und in sich spürte sie eine unfassbare Wut. Eine Wut auf Carmen, eine Wut auf Pauline und ja, auch auf ihre Mutter, die sich ihr nicht zeigte, die nicht um sie kämpfte, um die Tochter, die sie jeden Tag vermisste. Welche Beweggründe konnten sie zwingen, ihr Kind herzugeben? Sie stürmte durchs Treppenhaus in ihre Wohnung, knallte die Türe hinter sich zu und warf sich schluchzend aufs Bett. Stunden später wachte sie auf. Sie fühlte sich leer. Jetzt herrschte Stille. Ihre Augen waren verquollen und der Kopf schmerzte. Draußen war es längst dunkel geworden und sie kochte sich einen Tee, wie sie es immer tat, wenn sie in Ruhe nachdenken wollte. All die Jahre hatte sie gehofft, dass es ein Wiedersehen geben würde mit ihren Eltern. An ihren Vater hatte sie keinerlei Erinnerung. Und ihre Mutter hatte sie das letzte Mal gesehen als sie etwa dreieinhalb Jahre alt war. Es waren nur wenige Bilder, die sich ihr eingeprägt haben. Das Bild mit der Mutter am Strand und den Fischerbooten in der Ferne. Das Bild mit den lachenden Menschen, die singend, tanzend und musizierend in einer Gasse feierten und klatschten, als sie sich drehte. Das Bild mit einem roten Cabriolet und einem wehenden Kopftuch, das durch die Wälder einen Berg hinauffuhr. Aber bei Letzterem war sie nicht sicher, ob es Realität war oder ihrer Phantasie aus Paulines zahlreichen Geschichten entsprang. Mehr Erinnerungen gab es für sie nicht. Und obgleich sie nun die Gewissheit hatte, dass Fleur vor zwölf Jahren noch lebte und, dass sie von ihr geliebt wurde, schien ihr ein Wiedersehen ferner denn je. Warum hatte sie nicht um sie gekämpft? Und was um alles in der Welt ging in Pauline vor, dass sie einem Kind die Mutter verwehrte? Schmerzliches lag über der Wahrheit ihrer Herkunft. Das bekam sie deutlich zu spüren. Ihr Leben erinnerte sie noch immer an ein Mosaik. Nunmehr mit mehreren fehlenden Elementen. Doch die möglichen passenden Teile, die sich allmählich zeigten, gefielen ihr nicht. Es entstand ein Bild, das ihr noch mehr Rätsel aufgab. Ihre Sicht auf ihre Kindheit war eine einzige Lüge. In die Welt gesetzt von einer halbseidenen Frau und großgezogen von einer selbstsüchtigen Alten wusste sie nicht, wer sie eigentlich war.

Mélodie kauerte mit angezogenen Beinen auf der Eckbank. Um sie herum lag ein Meer von Papiertaschentüchern. Ihr Anblick erinnerte an einen gestrandeten Engel mit Pollenallergie. Sie wurde unendlich still. Ihr Blick fiel auf den Küchentisch. Ein Schlüssel lag darauf, daneben eine handgeschriebene Notiz:

Liebe besitzt nicht. Liebe lässt frei. Verzeih' mir. Ich schaff´s nicht.
Zu einer anderen Zeit an einem anderen Ort wären wir glücklich.

Leb' wohl! Mark

IV Freier Fall

Bullshit. Warum schickt ihr mich alle ins Exil?

Wo seid ihr, Freunde der Nacht?
Höre den Ruf aus der Ferne.
Freiflug zu Euch. Wo ist mein Platz?
Was heilt Krater? Was ist wesentlich?

Kopf über Wasser
Spiegelbild schützt
ohne Grund ohne Wurzel
Tiefe nährt Liebe
Tiefe nährt Leid
liebkost, zerstört
Kopf über Herz
Blicke gen Himmel
Kopf über Herz

Es war spät, als Edda und Paul gut bepackt vom Bahnhof heimkehrten. Sie hatten die Fernreise lange geplant und nun lag sie hinter ihnen. Vier Wochen Bali hinterließ entspannte Mienen auf ihren Gesichtern. In einem buddhistischen Kloster übte sich jeder auf seine Weise in Schweigen und Meditation. Erschöpft und glücklich kamen sie in der Bäckergasse an. Noch ehe sie ihre Taschen auspackte, klingelte Edda an Mélodies Wohnungstür. Sie hatte viel zu erzählen und wollte die Freundin mit einer indonesischen Klangschale und neuen Erkenntnissen überraschen. Als niemand öffnete, ging sie nach Hause. Paul zündete Räucherkerzen an und packte Salamibrötchen aus. Die beiden ließen die vergangenen Wochen Revue passieren. Sie hatten eine Entscheidung getroffen. Auch das wollte sie mit Mélodie besprechen. Nach fast einem Monat steckte sie ihr Handy an die Ladestation und rief die Nachrichten der vergangenen Wochen ab. Von Mélodie war nur eine einzige bei ihr eingegangen. Eine Minute später sah Edda Paul an, als hätte sie einen Geist gesehen.

10. März 2018, 10.11 Uhr
Hallo Süße,
hoffe Ihr kommt erleuchtet aus Bali zurück. Gönne mir eine Auszeit an der Côte d'Azur. Auf einer Yacht lässt es sich leben. Es geht mir gut!
Küsschen
M.

10.15 Uhr
Übrigens, der adrette Grauhaarige auf dem Foto neben mir ist Walter, ein arabischer Scheich - und er will mich heiraten. Einladung folgt.

"Sie hat ein Smartphone.", sagte sie abwesend. Zwei Minuten später stand Edda mit ihrem Ersatz-schlüssel in Mélodies Wohnung. Die Rollläden waren halb unten, die Räume aufgeräumt und leer. Keine Pflanze stand mehr an den Fenstern. Jetzt erst fiel ihr auf, dass die Töpfchen mit einigen halb verwelkten Pflanzen vor ihrer Tür im Hausflur standen. Sie hatte keine Ahnung was geschehen war in den Wochen, als sie nicht da war. Sie wusste nur, dass es dramatisch gewesen sein musste. Akribisch suchten ihre Augen nach Hinweisen. Ihr Blick fiel auf den zerfledderten Zettel an der Kühl-schranktür:

kurzfristig:
~~*morgens spazieren gehen, Ruhe*~~ *So Spaziergang v*
~~*Mo + Di + Fr: 9 Uhr Gärtnerei*~~ *v*
~~*Anmeldung Abendschule (Abitur)*~~*, Finanzplan v*
Ausgehen mit Edda ~~*1 x pro Woche*~~ *2 x im Monat*
~~*Tagebuch schreiben*~~
Mi + Do: Lernen Abi
Mo + Di Nachmittag und Woe: Lernen HP
Spontanes - ~~*Mark*~~

mittelfristig:

~~Berufsfindung~~ Abitur, Heilpraktiker
~~Recherche Herkunftsfamilie~~
~~Liebesglück finden~~

langfristig
~~Recherche Herkunftsfamilie~~
~~Liebesglück finden~~

Edda schwirrte der Kopf. Sie kannte die Freundin gut genug, um die Streichungen auf ihrer Notiz einzuordnen. Die Liebe ihres Lebens eliminierte sie nicht einfach so von ihrer Kühlschrankliste. "Mélodie meint immer was sie sagt.", dachte sie. Diese Eigenschaft schätzte sie sehr an ihr. Aber nicht in diesem Fall. Vor allem die Nachricht machte Edda den Ernst der Lage deutlich.

Aufgeregt griff sie zum Handy und wählte ihre Nummer. "Hier spricht Fleur. Bitte hinterlassen Sie eine erfreuliche Nachricht nach dem Signalton.", sprach die vertraute Stimme mit erotischem Timbre und einem Text, der Eddas Alarmanlagen auslöste. "Mélodie, du rufst jetzt sofort bei mir an. Hörst du? Aber dalli!", besprach sie mit forscher Stimme die Mailbox. Zur Sicherheit schickte sie noch eine Sprachnachricht mit ähnlichem Inhalt hinterher. Sie durchforstete ihre Handy-Kontakte nach einer Telefonnummer, die ihr weiterhelfen konnte. Marks Nummer hatte sie nicht. Doch Hannes ging sofort ran.

"Hannes, hier ist Edda. Was ist passiert? Was war

los, als wir nicht da waren?" Es herrschte kurzes Schweigen am anderen Ende der Leitung. Besonnen antwortete er der besorgten Freundin.

"Hallo Edda, beruhige dich erstmal. Ich weiß auch nur das, was mir Carmen erzählt hat. Sie hat mich vor vier Wochen im Café aufgesucht und mir von einem unglücklichen Zusammentreffen mit Mélodie erzählt. Auf meine Anrufe und Besuche hat sie zunächst nicht reagiert. Nach ein paar Tagen hat sie mir geschrieben, dass sie eine Auszeit bräuchte und in Frankreich sei. Mehr weiß ich auch nicht. Ich hatte gehofft, du wüsstest mehr."

Er hörte noch einen kurzen Schluchzer am anderen Ende der Leitung. Dann herrschte Stille. Eddas Akku war leer. Eine halbe Stunde später schickte sie ihm Mélodies Foto samt Gruß aus der Côte d'Azur aufs Handy und einen Link zu ihrem Internetauftritt bei der Eskortfirma. Mélodie in ihrem roten rückenfreien Kleid mit verführerischer Miene und dem vielsagenden und einfallslosen Titel: "Eine Frau für alle Fälle." Am selben Abend trafen sich die drei Freunde in Mélodies Wohnküche und schmiedeten einen Maßnahmenplan.

Etwa siebenhundert Kilometer südlich von Freiburg saß Mélodie zur selben Zeit in Wollepulli und Kaschmirschal gehüllt in einem Loungesessel und blickte über die Reling einer Luxusyacht auf das ruhige Meer hinaus. Sie hatten in Le Grau-du-Roi angelegt, dem größten Yachthafen Europas im Herzen der Camargue. Walter ging geschäftlichen Angelegenheiten nach. Der Mistral wehte ihr durchs Haar und der Himmel färbte sich grauviolett. Es war der erste Abend seit Wochen, an dem sie alleine war. Das sanfte Wiegen des Wassers und die Möwen, die in der Dämmerung ihr zynisches Lachen ausstießen, entsprachen ihrer aufgewühlten Seelenlage. Endlich war Zeit zum Nachdenken. Walter war in Ordnung. Sie konnte mit ihm lachen und philosophieren und das war mehr, als sie derzeit vom Leben erwartete. Kennengelernt hatten sie sich vor zwei Wochen. Am dritten Abend machte er ihr einen Heiratsantrag. Er lud sie in ein kleines Theater ein, das in einem Hinterhof lag. Sie waren die einzigen Zuschauer. Walter hatte zwei Schauspieler engagiert. Die beiden sollten ihre Beziehung vom Kennenlernen bis zum Ja-Wort inszenieren. Nach zwanzig Minuten war das Rendezvous auf der Bühne vorbei. Jede andere Frau an Mélodies Stelle wäre nach den ersten beiden Sätzen, die gesprochen wurden, dahingeschmolzen. Mélodie aber lachte laut auf. In ihren Augen war es ein sympathisch plumper Versuch, ihr Herz zu erobern und sie empfand die Lage eher skurril als romantisch.

"Könnt Ihr auch Zeitsprünge?, rief sie den Spielern am Ende zu.

"Wie meinst du?", fragte Walter irritiert.

"Hey, ihr da oben! Könnt ihr auch Zeitsprünge? Oder ein alternatives Ende vielleicht?", lachte sie.

Die beiden schauten sie irritiert an, Walter ebenfalls.

"Ich dachte, das ist Improvisationstheater. Nicht? Ich dachte, jetzt kommen die Facetten an Möglichkeiten einer Ehe mit diesem Prachtexemplar eines Adonis' hier an meiner Seite. Nein? Naja, macht ja nichts. Trotzdem danke."

Walter trug ihre Reaktion mit Fassung. Und doch lief sie an diesem Abend aus dem Hinterhof mit der spärlich flackernden Beleuchtung hinaus und fühlte sich geschmeichelt. Es wäre keine Liebesheirat, zumindest zunächst, das wussten beide. Er wollte ihr ein Luxusleben zu Füßen legen und war reflektiert genug, um zu wissen, dass kaum eine junge kluge Schönheit einen Mann in seinem Alter aus bloßer Liebe heiraten würde. Es war eine Art Vertrag, den sie schließen würden. Ihre Verpflichtung bestünde darin, ihn zu offiziellen Anlässen zu begleiten und ihm gelegentliche Liebesdienste zu erweisen. Ansonsten wäre sie völlig frei in dem was sie tat. Sie müsste nicht einmal vortäuschen, dass sie für ihn mehr empfände als Sympathie. Im Gegenzug böte er ihr Sicherheit und ein sorgenfreies Leben. Seit Mark sie verlassen hatte, stürzte sie sich in eine Verabredung nach der anderen. Sie machte sich nicht einmal selbst vor, dass sie bei diesem Spiel mit der Leichtigkeit des Seins als Gewinnerin hervorgehen könne. Es finanzierte schlicht ihren Lebensunterhalt.

Tief verletzt fühlte sie sich bisweilen wie eine Kriegerin, die nach verlorener Schlacht heimkehren sollte, hinkend, und nicht wissend wohin. Sie war sich selbst ihr größter Gegner. Walter war die

Rettung. Das war eine Erkenntnis, die so klar vor ihr lag wie der Abendhimmel und ebenso bunt und auf verklärte Weise sogar romantisch.

Er war vor ein paar Stunden von Bord gegangen. Es blieb ihr noch Zeit, sich auf seine Rückkehr vorzubereiten. Ein Abend zu zweit unter Deck, so war sein Wunsch für diese Nacht. Endlich konnte sie in Ruhe ihre Gedanken und Gefühle ordnen. Versonnen summte sie die Melodie aus Kindertagen. Melancholie stieg in ihr auf. "Ich dachte schon, du lässt dich gar nicht mehr blicken, süße Schwester der Traurigkeit. Fühlst dich besser an als die Wut dieser Tage." Erinnerungen aus Kindertagen stiegen in ihr auf und sie sah sich am Ufer des Moorsees sitzen und der Natur lauschen, unschuldig, unbedarft, heil und einverstanden mit dem Leben. Ein Atemzug der kühlen feuchten Seeluft und das Rauschen der Weiden im Wind genügten und sie war glücklich. Damals wusste sie nichts von dunklen Geheimnissen aus vergangener Zeit. Im Nachhinein konnte sie nicht begreifen, warum sie all die Jahre nicht darauf bestand, dass Pauline mit der Wahrheit herausrückte. Wie konnte sie so von ihr gehen? Wohin mit der Wut auf Pauline? Sie war größer als die Sehnsucht nach den Eltern, nach der Mutter, die ihre Tochter hergegeben hatte, aus welchen Gründen auch immer.

Ein Schauer lief ihr über den Rücken als sie an die einsamen Abende der letzten vier Wochen dachte. Tagelang schloss sie sich Zuhause ein. Sie hatte weiche Knie und das Gefühl, auf Watte zu gehen, konnte weder essen noch schlafen. Ihr Verstand hörte nicht auf, Fragen zu stellen und ihr Herz gab ihr das Gefühl zu fallen. "Halt' mich doch jemand, verdammt nochmal! Hört mich denn keiner?", schrie sie gen Himmel. Edda war am anderen Ende der Welt und Hannes wollte sie nicht mit der nächsten Lebenskrise zur Last fallen. Diesmal war es zu ernst. Sie wollte es alleine schaffen. Das Glück mit der Sonnenseite der Liebe war von kurzer Dauer. Und von ihren Eltern wollte sie erst einmal nichts wissen. Schmerz lähmte sie. "Okay. Dann ändern wir die Spielregeln.", ermutigte sie sich. Bei dem Versuch, ihr Gefühlschaos zu ordnen, überprüfte sie ihre Haltung zu Männern. Paulines Prägung, gepaart mit ihren jüngsten Erfahrungen, erweckten die Gladiatorin in ihr. Nun, sie würde die Männer nicht mit Besen aus der Arena jagen. Das war nicht ihr Stil. Aber sie würden künftig nichts zu lachen haben. Davon war sie überzeugt. Der Stärkere wählte die Waffen, zumindest in ihrem Fall. Und sie hatte gewählt. Sie brauchte ein paar Stunden Schlaf und eine Pizza von Enzo, um die Dinge klarer zu sehen, und die darauf folgende Erkenntnis war niederschmetternd: Mark fehlte ihr entsetzlich. Und Mark gab ihr von der ersten Sekunde an nicht wirklich eine Chance. Er hätte ihr nahe sein können, wann immer er gewollt hätte, hätte er ihr nur vertraut. Sie verstand noch immer nicht, weshalb ihr das Leben die Liebe in ihrem schönsten Gewand gezeigt hatte, um sie ihr dann wieder zu nehmen. Wäre er ihr vor ein paar Wochen über den Weg gelaufen, sie hätte ihm die Feigheit mit den Fäusten aus der Brust getrommelt. "Wenn ich nicht glücklich sein darf, dann wenigstens reich, oder?", beteuerte sie mit entschlossener Miene ihrem Spiegelbild. "Ein Körper in der Blüte seines Daseins soll Freude bereiten. Alles andere wäre Verschwendung.", bemerkte sie trocken. "Die reinste Verschwendung!" Sie meldet sich bei der Eskortfirma zurück, wild entschlossen und ohne Tabu. Moralische Bedenken stellte sie beiseite. In ihrer Welt war sie nicht mehr oder weniger käuflich als jede andere Dienstleisterin. Ihr Verhältnis zu ihrem Körper war unverändert archaisch. Und weshalb sollte sie ihn nicht für Liebesdienste zur Verfügung zu stellen? Gegen ein wenig Vergnügen hatte sie nichts einzuwenden. Die Welt war zweidimensional geworden. Die Liebe auch und das sollte ihr genügen. Das hatte mit ihr, Mélodie dem Freigeist, nichts zu tun. Ihre Seele bliebe unberührt. Davon war sie überzeugt. Das war die erste Entscheidung, die sie traf an einem jener einsamen Abende nach dem 14. Februar. Sie weigerte sich, an Edda zu denken in diesem Moment, auch nicht an Hannes. Das Projekt Liebesglück war gescheitert, das konnte sie ohne ihre Ratgeber erkennen.

Der Mistral nahm zu. Pauline erzählte früher oft von einem Wind, der Wolken und Sorgen vertreiben könne. Sie lächelte bei dem Gedanken. Das Meer wurde unruhiger. Als der Horizont über der Reling auf und ab zu schaukeln begann, ging sie unter Deck, um sich eine Jacke zu holen. Ihre Kleider waren noch immer in ihrem Koffer. Sie öffnete ihn und sah Paulines alten Schuhkarton, den sie eingepackt hatte, als sie ihre Wohnung in Freiburg verließ. Er war in der Kiste, die Hannes ihr einst in die Wohnung stellte mit den Sachen aus ihrem alten Zuhause in Berghausen. Sie schaute auf die Uhr. Noch eine Stunde bis Walter zurück sein musste. Es blieb noch Zeit. Sie setzte sich aufs Bett und zog einen alten vergilbten Brief aus dem Karton, den sie erst einmal in Freiburg gelesen hatte. Der Absender hieß Kurt:

Liebe Pauline,
25 Jahre sind vergangen seit meinen letzten Zeilen an Dich. Ich hoffe, Du hast mir mein Schweigen verziehen. Johann - Du kennst meinen jüngsten Bruder - ignoriert meine Briefe. Am Telefon lässt er sich verleugnen, aber seine Tochter Carmen und ich haben von Zeit zu Zeit Kontakt. Sie hat mich gebeten, Dich zur Vernunft zu bringen.

Ich lebe noch immer auf meiner Farm am Rande Sydneys und bin zum zweiten Mal geschieden. Robert, mein Adoptivsohn, ist erwachsen und so konnten wir ihm die Trennung zumuten. Es heißt die Zeit heile Wunden. Bei mir ist es wahr. Längst habe ich Dir verziehen, dass Du Dich für Deinen Mann und gegen unser Kind entschieden hast. Meine Erinnerungen an den Krieg verblassten mit den Jahren und in Australien fand ich zur Ruhe. Du weißt, dass ich nicht zurückkommen konnte.

Aber was ist mit Dir? Hast Du Dir selbst jemals ver-
ziehen?

Ich habe an Dir immer die Kämpferin bewundert.
Von Kindheit an erlebtest du Vertreibung und
Flucht, Not und Armut.

Deine Neugier auf das Leben, Deine Klugheit und
Dein Wissensdurst waren Dein Antrieb auf Deinem
Weg in ein freies Leben. Du hast mit mir die Liebe
entdeckt und ihre verhängnisvollen Folgen. Nach
langem inneren Kampf hast Du Dich aus einer un-
glücklichen Ehe befreit, Deine Familie verlassen und
bist in ein fremdes Land geflohen, alleine, immer
hoffend, dass die Liebe zu Dir zurückkehrt. Glaub'
nicht, dass ich es mir leicht gemacht habe.

Anstatt des Glücks hast Du Deine Schänder gefun-
den, wurdest Deiner Fruchtbarkeit beraubt und je-
der Hoffnung auf ein Kind. Verzeih' mir, dass ich
nicht da war, als Du mich brauchtest. Bis heute
rührt mich, dass Du in meinem Heimatdorf Zuflucht
suchtest und noch immer dort verharrst, als wartest
Du auf ein Wunder - oder auf mich. Pauline, nichts
habe ich mir als junger Veteran mehr gewünscht, als
mit Dir neu anzufangen und unser Kind in Liebe
großzuziehen. Wir hatten unsere Chance. Doch es
kam anders.

Ich begreife, dass es Dir wie ein Geschenk des Him-
mels vorkommen musste, als Fleur mit dem Kind an
Deine Türe klopfte. Es war Balsam für Deine ge-
schundene Seele. Doch das Mädchen ist NICHT DEIN
Kind und wird es niemals sein! Unsere gemeinsame

Bürde ist es, keine leiblichen Kinder mehr gehabt zu haben.

Komm' zur Vernunft, Pauline! Fleur und Dich verbindet ein Band des Schicksals. Beide musstet Ihr gegen Euren Willen heiraten. Beide habt Ihr Euch gegen die Liebe und für Eure Ehe entschieden. Beide habt Ihr Euch daraus befreit und alles andere dafür aufgegeben. Doch Fleur hat sich nun FÜR ihr Kind entschieden, zum zweiten Mal. Du musst Mélodie loslassen. Gib sie in die Hände ihrer leiblichen Mutter zurück. Das Leid muss ein Ende haben. Die Kleine hat ein Recht auf ihre Mutter!

In Berghausen schätzt man Dich für Deine Heilkunst und fürchtet Deine Verschrobenheit. Nun heile Dich selbst von Deiner Verbitterung wie Du mich damals heiltest. Triff' eine gute Entscheidung für Dich, für Deine Nichte und vor allem für das Kind.

In ewiger Verbundenheit,
Dein Kurt
Sydney, im August 1997

Mit leerem Blick starrte Mélodie auf die letzte Zeile. Sie war knapp fünf, als der Brief in Berghausen ankam. Während sie fröhlich im See badete war ihr Leben an einem Kreuzweg angelangt, von dem sie nichts ahnte. Sie war noch nicht einmal in der Schule. Ihr Schicksal lag in den Händen einer Frau, die entschied, ihr, Mélodie, die Mutter vorzuenthalten und sie fernab ihrer Wurzeln großzuziehen. Der Einsamkeit gewidmet sollte sie die heilsame Essenz für eine verletzte Seele sein? Und obgleich Pauline einst die Liebe erlebten durfte, sollte sie, Mélodie, den Männern und allem irdischen Verlangen entsagen, um verschont zu bleiben?

"Verschont wovon? Verschont vom Leben?", schoss es ihr durch den Kopf. Tränen durchtränkten das dünne Papier, das vor ihr jemand unzählige Male auf- und wieder zugefaltet hatte. Die Zeilen verschwammen. Die Liebe, die sie ihr Leben lang für Pauline empfand wich einer gähnenden, alles verschlingenden Leere. Pauline war alt, verbittert und selbstsüchtig, eine erschütternde Erkenntnis, schlimmer als ihr Tod. Zur leiblichen Mutter war nun die Heldin ihrer Kindheit eine Gefallene. Es gab nicht einen einzigen Grund für Mélodie, noch länger den Weg einer Heilerin zu gehen. Welche Bedeutung hatten all die klugen Sprüche, mit denen sie groß wurde, wenn die Verkünderin selbst eine Blenderin war? "Wen heilt der Heiler, wenn nicht einmal sich selbst?", dachte sie und fällte die nächste Entscheidung. Nachdem sie sich bei der Eskortfirma zurückmeldete, formulierte sie ihre Exmatrikulation an beiden Fernakademien. An jenem Abend wusste Mélodie ganz genau, was sie NICHT wollte für ihr Leben. Das sollte erst einmal genügen.

Sie ging wieder an Deck. Mittlerweile war der Himmel voller Sterne. Der Brief sollte einst ihr Schicksal verändern. Stattdessen brachte er zwanzig Jahre später Wahrheiten ans Licht, auf diese sie gerne verzichtet hätte. Sie warf ihn in ins Meer, er sank rasch. Nun hatte sie einiges zu tun. Einmal tief durchatmen, ein verwegenes Lächeln und dreißig Minuten später erwartete sie Walter mit einem sinnlichen Blick und betörenden Chillout Klängen.

Hannes schrubbte die Tische auf der Terrasse seines Cafés sauber. Es galt, die Spuren des Winters zu beseitigen, bevor die ersten Wanderer die Saison einläuteten. Carmen setzte sich erschöpft in einen der Holzstühle. Hannes gab ihr einen freundschaftlichen Klaps auf die Schulter und brachte ihr eine Tasse Kaffee. Nach Eddas aufgelöstem Anruf gestern, bat er Carmen kurzfristig um ein Gespräch. Die beiden musterten sich. Vertrautheit lag in ihren Blicken. Seit Hannes damals an den See zog backte sie ihm Kuchen für den Verkauf oder half ihm beim Bewirten, wenn es ihre Aufgaben als Pfarrersfrau zuließen. Doch eigentlich kannten sie sich seit einer halben Ewigkeit. Sie begegneten sich erstmals, als Hannes als junger Zimmerergeselle auf Wanderschaft war und Arbeit und Unterkunft suchte im Dorf. Er blieb damals für einen Sommer. Es war der Sommer 1978, an dem die Wiesen voller Klatschmohn standen. Carmen war fünfzehn und schwärmte verstohlen für den smarten friesischen Handwerker mit seiner frechen Art, der bald schon weiterzog und hier und da enttäuschte Mädchenherzen zurückließ, aber selten eines gebrochen hatte. Jahre später besuchte er die Menschen, die ihm einst in seinen Wanderjahren Obdach gaben und mit denen er schöne Erinnerungen verband. Carmen und ihre Familie gehörten dazu.

"Nun mal von Anfang an, was war der Grund für euer Treffen und was weißt du über ihre Mutter?", Hannes sprach in ruhigem aber bestimmten Ton. "Hannes, ich hab' so lange auf den richtigen Zeitpunkt gewartet, um mit Mélodie zu reden. Aber nach Paulines Tod fand ich es nicht richtig. Ich wollte, dass das Kind weiß, dass sie eine leibliche Mutter hat, die sie bei sich haben wollte. Fleur, so heißt die Mutter, sah ich zuletzt vor etwa vierzehn Jahren im Dorf und sie hinterließ mir eine Adresse auf einem Zettel, für den Fall, dass Mélodie eines Tages allein ist. Ich hab' dort angerufen, sogar hingeschrieben nach Paulines Tod. Es kam keine Reaktion. Ich hab' im Internet nach einer aktuellen Adresse geforscht, aber ohne Ergebnis. Was hätte ich also tun sollen? Nachdem du mir letzten Sommer erzählt hast, wie gut sie sich in Freiburg eingelebt hätte, dachte ich, jetzt wäre der richtige Moment ihr zu sagen, dass ihre Mutter damals um sie kämpfte und jahrelang heimlich ins Dorf kam, um sie aufwachsen zu sehen. Aber ich hab' alles schlimmer gemacht. Hätte ich doch meinen Mund gehalten." Carmens Stimme zitterte. "Hier, das ist die Adresse." Sie gab Hannes einen alten Zettel mit einer kindlich wirkenden Handschrift.

"22, Rue Raspail, Carpentras. Das liegt im Herzen der Provence. Fleur Bacsik, der Nachname klingt nicht französisch. Weißt du woher Mélodies Familie ursprünglich kommt?"

"Ich weiß nicht viel über sie. Fleur sprach anfangs in einer Sprache, die ich nicht kannte und später in gebrochenem französisch, das ich ebensowenig verstand. Ich traf sie in der Kirche und tröstete sie. Mehr Verständigung war kaum möglich. Was Pauline betrifft weiß ich nur so viel, wie mein Onkel aus seinem Leben aus den Nachkriegsjahren preisgab, also nicht viel mehr. Kurt war der älteste Sohn meines Großvaters und das schwarze Schaf der Familie, weil er nach seiner Gefangenschaft in Frankreich nach Australien auswanderte, anstatt der Familie beizustehen. Ich weiß nur, Pauline war seine große Liebe, mit der er eigentlich ein Kind gehabt hätte. Sie kam von weit her und war ihr halbes Leben auf der Flucht. Unter anderem lebte sie in Frankreich, ehe sie hier ankam, in der Heimat ihrer großen Liebe, meines Onkels Kurt, der längst über alle Berge war. Er starb vor vielen Jahren in der Nähe von Sydney. Gott hab' ihn selig." Hannes schmunzelte. Dem Romantiker in ihm gefiel der Gedanken, dass Pauline, diese verwunderliche Alte, einmal ein verliebtes Mädchen war, das ihr Leben lang an ihrer Liebe festhielt. Die beiden saßen noch den halben Mittag beisammen. Hannes wollte so viel wie möglich über Pauline und Fleurs Leben erfahren.

"Du hast das Richtige getan. Du wolltest, dass sie die Wahrheit erfährt. Und die tut manchmal weh.", schloss er das Gespräch mit abgeklärter Miene. Als

Carmen gegangen war, setzte er sich in aller Stille an den Holzsteg, auf dem er mit Mélodie schon viel Zeit verbrachte. Die Abendluft war kühl. Er fragte sich, wo sein vertrauter Schützling wohl gerade sein mochte. Und er konnte ihren Schmerz nachempfinden, als ihr Bild von Pauline zerbrach. Die beiden Mütter hatten einen Pakt geschlossen. Doch zu wessen Wohle?

Zwei Abende später trafen sich Hannes, Edda und Paul bei Enzo, aßen Zitronen-Carpaccio und berichteten sich gegenseitig von den Ergebnissen ihrer Recherchen. Die drei waren entschlossen, Mélodies Familie zu finden ehe diese sich blind in die Arme eines Scheichs flüchtete, um ihre zerrütteten Beziehungsgeflechte aus ihrem Leben zu verbannen. Die Mélodie, die sie kannten, gab nicht auf, wenn es schwierig wurde, darin waren sie sich einig.

"Ich klemme mich hinter Fleurs aktuelle Anschrift. Zur Not reise ich nach Carpentras und versuche dort mein Glück. Die Provence reizt mich schon lange.", zwinkerte Hannes verschmitzt, nachdem er Edda und Paul von seinem Gespräch mit Carmen erzählt hatte.

"Hört sich gut an. Carmens Bemerkung über Fleurs Sprache passt zu meiner Theorie. Ich habe Euch von Daliah erzählt, dem 17jährigen Mädchen mit dem Baby in meinem Mädchenheim? Also diese Daliah jedenfalls..." Sie erzählte von Mélodies Begegnung mit Daliah vor einigen Monaten, über die Reaktion der jungen Mutter auf Mélodies Kinderlied und, dass sie bereitwillig die Medizin einnahm, die sie ihr verordnet hatte. Auch, dass sie selbst die Begegnung der beiden exotischen Frauen als skurril empfand. "Ich hatte das Gefühl, die beiden haben eine Art Verbindung. Aber ich habe nicht weiter darüber nachgedacht."

Kurz vor Eddas Abreise nach Bali hatte Daliah einen Termin bei Edda. Edda sollte im Auftrag des Jugendamtes ihren seelischen und körperlichen Zustand überprüfen, ob sie sprachliche Fortschritte machte und wie es dem Baby ging. Daliah fragte nach der schönen Frau mit dem Lied. "Dann summte sie dasselbe Kinderlied wie Mélodie es manchmal tut, wenn sie in Gedanken versunken ist. Ist euch das schon einmal aufgefallen?" Edda schaute die beiden Männer voller Erwartung an. Die beiden hatten keine Ahnung, worauf sie hinaus wollte. "Jungs, konzentriert Euch. Daliah hat das Lied nur einmal kurz nach ihrer Ohnmacht auf dem Gang gehört. Es muss eine Melodie sein, die ihr sehr vertraut ist, wenn sie sich so gut daran erinnert. Und Kinderlieder sind in jedem Kulturkreis anders, oder?, fragte sie. Die Männer nickten bereitwillig. "Herrgott, seid ihr begriffsstutzig. Die beiden müssen die gleichen kulturellen Wurzeln haben! Daher auch Daliahs Interesse an Mélodies Amulett. Männer, Daliah stammt aus Ungarn. Sie ist ein Roma-Mädchen. Klingelts bei euch? Mensch, Mélodie ist in Frankreich geboren – UND sie ist ein Romamädchen, eine Manouche, eine Gipsy!", triumphierte Edda. Jetzt waren beide hellwach und die zweite

Flasche toskanischer Landwein entbehrte jede Wirkung. Hannes stand der Mund offen, Paul runzelte die Stirn. "Unsere Mélodie mit dem französischen Akzent hat ungarische Wurzeln, ist Repräsentantin eines unterdrückten Minderheitenvolkes und hat von alledem keine Ahnung?", fasste Paul korrekt zusammen. Es war sein erster zusammenhängender Satz an diesem Abend und es lag ein Hauch Bewunderung in seiner Stimme. "Der Aspekt kann beim Auffinden ihrer Mutter entscheidend sein.", meinte Hannes nachdenklich. "Es ist mehr als ein Aspekt, Hannes. Es ist eine Sensation! Aber habt ihr eine Ahnung, wie viele verschiedene Gruppen alleine in Frankreich leben? Von den angrenzenden Ländern will ich gar nicht reden.", bemerkte Edda schon gedämpfter. Die beiden schüttelten betroffen die Köpfe.

"Findet ihr, wir sollten Mark informieren über ihre Pläne?" Diesmal schüttelten die beiden Männer heftig die Köpfe. "Nein, blöde Idee von mir.", rügte Edda ihren Übereifer selbst. Für einen Moment waren alle drei still. Edda und Hannes schauten gleichzeitig zu Paul. Er hatte als einziger noch keinen Beitrag zum Rettungsmanöver geleistet. Er wurde nervös, als die beiden ihn anstarrten, als fehlte noch der Weisheit letzter Schluss. Dann räusperte er sich und sprach sein Plädoyer: "Hannes, für dich ist Mélodie eine Art Schützling, Edda, für dich ist sie Freundin und Vertraute und euer Eifer ehrt euch. Nun. Wie soll ich es sagen? Für mich ist sie eine..." Er suchte oft eine Weile nach den passenden Worten, das war bei ihm berufsbedingt. "... eine eigenwillige und höchst liebenswerte Nachbarin, und ich wünsche ihr wirklich, dass es ihr gut geht..." Die beiden rissen erwartungsvoll die Augen auf, als Paul so lange ausholte. "Aber, wenn ich eines in Bali gelernt habe, dann, dass einzig und alleine wichtig ist, was SIE sich wünscht für ihr Leben. Und, wenn sie sich nun wünscht, ihr Leben an der sicheren Seite eines hoffentlich kultivierten Scheiches zu verbringen, dann solltet ihr sie in Gottes Namen darin unterstützen und ihren Wunsch respektieren. Habt ihr schon einmal daran gedacht, dass bei unseren Recherchen noch mehr Dinge ans Licht kommen könnten, vor denen sie besser verschont bleiben sollte?" Es herrschte Totenstille. Damit hatten sie nicht gerechnet. "Paul, Tiger, ich liebe dich. Und ich danke dir für deine ehrlichen Worte, die wir ALLE jetzt ganz schnell wieder vergessen!", polterte Edda Paul an. "Enzo, die Rechnung, bitte, aber pronto!" Dann griff sie zum Handy und tippte laut lesend eine Nachricht an Mélodie:

13. März 2018, 21.09 Uhr
Kapituliere NIEMALS, und schon gar nicht vor dem Leben. Wann sehen wir uns, Schätzchen?

13. März 2018, 21.11 Uhr
Ich kapituliere nicht vor dem Leben. Ich kapituliere vor der Liebe, UM zu leben. Wir sehen uns am 21. März um 14 Uhr vor der Kathedrale Saint-Nicolas in Nice. Sei pünkt-

lich, Du bist meine Trauzeugin. Bind' Dir ein Blumenkränzchen ins Haar. Das ist hier so üblich. Ich freu' mich auf
Euch!!

21.12 Uhr
...und gieß' meine Pflänzchen.

**Hannes' rüder Handyklingelton erfüllte den Raum,
als Edda noch immer nach Luft rang. Wortlos lasen
die drei die eingegangene Nachricht.**

13. März 2018, 21.14 Uhr
Huhu Hannes, falls Du es nicht schon von Edda weißt: Wir
sehen uns am 21. März um 14 Uhr vor der Kathedrale
Saint-Nicolas in Nice. Du führst mich doch zum Altar? Du
bist das für mich, was einem Vater am Nächsten kommt
und ich hab' bei Walter so von Dir geschwärmt. Bleib' lo-
cker Hannes! Das Abitur läuft mir nicht davon. Und immerhin ist er fünf Jahre jünger als Du.
Küsschen!

V Heimkehr

Eine siebenhundert Kilometer lange Autofahrt erscheint endlos, wenn die Fahrer keine Lust haben, am Ziel anzukommen. Mit Tempo einhundert schlichen Edda und Paul in ihrem beigen Mini von Freiburg über die A5 gen Süden Richtung Nizza. Sie sprachen kaum ein Wort. Das lag nicht daran, dass sie mitten in der Nacht losfuhren, um rechtzeitig in Kleid und Robe lächelnd vor der Kathedrale zu stehen. Vielmehr machte sich das Gefühl von Ratlosigkeit und Verzweiflung in ihrem Inneren breit wie der schale Duft ihrer Bananenschalen im Vehikel. Sämtliche Versuche, mehr über den Verbleib von Mélodies Mutter und deren Familie zu erfahren, verliefen im Sande. Eddas Quellen waren das Internet, die Abteilung Völkerkunde der Landesbibliothek und Daliah. Pauls mahnende Worte bei Enzo gingen Edda noch immer durch den Kopf. Hatte sie das Recht, die Heirat der Freundin am Tag der Trauung in Frage zu stellen? Sollte sie lieber zusehen wie sie sich ins Unglück stürzte, indem sie einen Mann heiratete, den sie nicht liebte, so wie es schon Pauline getan hatte? Und wie stand es um Fleurs Liebesleben? Wie wichtig wäre der Rat der Mutter in diesem Moment für Mélodie gewesen? Ihre Gedanken schlugen Purzelbäume und der Geruch der Bananenschalen löste Übelkeit aus. Lange Autofahrten hatte sie noch nie gut vertragen. "War es richtig, Mark eine Nachricht zu schreiben?", fragte sie sich und hoffte, Paul könne die Gedankenblase über ihrer Stirn entdecken. Sie stand kurz vor einer Migräneattacke und Pauls Wortkargheit machte all das nicht besser.

Hannes ging es keinen Deut besser. Seine Versuche, Hinweise auf Fleurs Verbleib zu finden, blieben ergebnislos. Er durchforstete die Hütte in Berghausen nach Spuren der Vergangenheit. Beim Durchwühlen der wenigen Sachen, die er noch fand, wurde er das Gefühl nicht los, dass Pauline triumphierend ihre Geheimnisse hütete. Es war Ironie des Schicksals, dass er selbst es war, der Mélodie die letzten persönlichen Dinge in einer Umzugskiste vor die Tür stellte. Nicht einmal ein Foto von Fleur konnte er ergattern. Das bedauerte er besonders. Carmen las die alten Briefe ihres Onkels noch einmal aufmerksam durch. Vielleicht erwähnte er irgendwo einen Ort aus Paulines Vergangenheit, der einen Hinweis gab auf den Verbleib der restlichen Familie. Vergebens.

Es stellte sich heraus, dass es in Frankreich gar kein Einwohnermeldeamt gab. Dort genügte ein Adressvermerk auf dem Personalausweis und eine aktuelle Telefonrechnung, um den Wohnsitz nachzuweisen. Beides half Hannes nicht weiter. Also setzte er sich drei Tage vor dem 21. März in den TGV nach Avignon, um von dort aus in Carpentras ein Lebenszeichen von Fleur zu erhaschen. Mit seinem spärlichem Schulfranzösisch fragte er die Bewohner des Hauses 22 in der Rue Raspail nach jener dunkelhaarigen Fleur Bacsik Anfang 50. In den Läden der umliegenden Gassen schenkten ihm freundliche Franzosen ratloses Kopfschütteln, mitleidige Blicke und eine Tasse Café crème. Seine Zuversicht sank in den Keller. Die Zeit wurde knapp. Am Freitag vor der Trauung besuchte er am Vormittag den wöchentlichen Bauernmarkt, den Kleidermarkt und sogar die Gassen mit den Antiquitätenhändlern in der Hoffnung auf einen Hinweis. In schillernden Farben hatte er sich den Moment ausgemalt, mit Fleur an seiner Seite vor der Kathedrale in Nizza aufzutauchen und Mélodie in die Obhut der Mutter zu geben, anstatt in die eines Fremden. In 24 Stunden war es soweit. Mélodie würde vor den Traualtar treten und irgend einen Walter heiraten und ihre Unabhängigkeit und all die Ideale, für die sie bisher stand, aufgeben. Die Kehle schnürte sich ihm zusammen, als er daran dachte. In einem Straßencafé im Herzen der Provence musste er sich eingestehen, dass die Mission gescheitert war. Doch seine Enttäuschung hatte noch einen anderen, einen sehr persönlichen Grund. Hoffte er doch, dass die Ungewissheit bald ein Ende hätte. Er musste herausfinden, ob sie es war. Er musste ihr in die Augen schauen, um zu wissen, ob Fleur, die große Unbekannte und Mélodies Mutter, die Frau seiner einstigen Träume war. Es war eine dieser Begegnungen, die man ein Leben lang nicht vergisst. Damals, vor zwanzig Jahren, als er

Carmens Familie besuchte an einem milden Sommerabend des verzauberten badischen Bergdorfes. Es dämmerte schon und er drehte sich gerade noch eine Zigarette, ehe er klingeln wollte. Plötzlich bog sie um die Ecke. Sie war in Eile und ist ihm direkt in die Arme gelaufen, fast hätte sie ihn umgerannt. Den Duft ihrer Haare würde er heute noch unter Dutzenden erkennen, süßlich, schwer, betörend wie ihr Anblick. Dann schauten sie sich an. Wissend, dass es nicht die erste Begegnung war und hoffend, es bliebe nicht die Letzte. Es war, als hielte jemand die Zeit für sie an. "Verzeihung.", flüsterte sie. Sie lief weiter entlang der schmalen Gasse nähe der Kirche ohne sich umzublicken. Er hörte das rhythmische Klackern ihrer Absätze auf dem Asphalt, das allmählich leiser wurde und schließlich das Aufheulen eines Motors. Dann war der Moment vorbei. Noch immer stand er da wie versteinert. An exakt derselben Stelle blieb er wie angewurzelt stehen. Warum passierte ihm so etwas? Warum konnte er nicht die Gunst des Moments nutzen und sein Schicksal in die Hand nehmen? Er hätte ihr nur hinterher laufen müssen. Er hätte sie nur ansprechen müssen, sie einladen oder irgend etwas. Wie oft hatte er sich diese Fragen gestellt. Doch es änderte nichts. Diese Begegnung trug er seither mit sich herum wie einen Schatz, den es zu hüten galt, tief in sich verborgen. Es erschien ihm absurd, irgend jemandem davon zu erzählen. Seither haben viele Frauen seinen Weg gekreuzt. Bei der einen oder anderen blieb er für eine Weile hängen. Aber er war eine rastlose Seele, immer auf Wanderschaft, die nie aufhörte, von ihr zu träumen. Vielleicht war diese Begegnung der entscheidende Antrieb, sich ausgerechnet in Berghausen niederzulassen, unter den vielen schönen Orten, die er im Laufe seines Lebens kennengelernt hatte, sich der absurden Hoffnung hingebend, einer Fremden erneut zu begegnen, die auch nur auf der Durchreise zu sein schien wie er selbst. Tatsächlich fühlte er sich dem zweiten Frühling nahe seit Carmens Erzählung von Fleur. Fast hatte er das Gefühl, Fleur als Verbündete an seiner Seite zu haben und sehnte ein Wiedersehen mit der schönen Unbekannten herbei, mehr als alles jemals zuvor Ersehnte. "Berghausen ist nicht Hollywood.", dachte er und spülte den Gedanken mit dem letzten Schluck seines bitteren Kaffees hinunter. Pauline war das beste Beispiel dafür. Er kam sich so albern vor. Mélodie erinnerte ihn vom ersten Moment an sie. Er bat um die Rechnung. Und mit dem letzten Zug an seiner Zigarre gestand er sich ein, dass Mélodie ihm ans Herz gewachsen war, als wäre sie seine leibhaftige Tochter, zu der ihm die Frau immer gefehlt hatte.

Als wartete er auf ein Wunder verbrachte er den Rest des Tages in den Gassen von Carpentras. Abends griff er betreten zum Hörer.
"Hallo Edda, Hannes hier. It's Showtime. Wir sehen uns morgen in Nizza. Holt mich am Bahnhof ab."
Am anderen Ende der Verbindung war es kurz still.
"Wann?", fragte Edda. Enttäuschung lag in ihrer

Stimme.

"Um 13 Uhr am Gare de Nice-Ville.", antwortete er knapp, dann legte er auf. Zumindest dem Anschein nach wollten die Freunde die Familie der Braut würdevoll repräsentieren, darin waren sie sich unabgesprochen einig. Sie vereinbarten ein angemessenes Erscheinungsbild, Blumen und eine Glückwunschkarte. Für die Karte fehlte Ihnen die Worte und ihr Auftreten überließen sie ihrem improvisatorischen Geschick.

Zu dritt fuhren sie entlang des Boulevard du Tzarewitch. Die Stimmung glich der einer Trauergemeinschaft. Edda kam sich albern vor mit einem Kranz aus rosa Buschröschen, der zwischen ihren wilden Locken kaum zu finden war. Beim Einbiegen in die Avenue Nicolas II starrten sie mit offenen Mündern auf die prunkvolle Kathedrale mit ihren zahlreichen Türmchen, die vor ihnen stand, als wäre sie einem orientalischen Märchen entsprungen. Die Hochzeitsgesellschaft stand wartend am Treppenaufgang und die Straße hinunter, in ihrer Mitte ein Bräutigam reifen Alters in weißem Anzug und erstaunlicher Weise ohne Turban. Panik machte sich breit unter den drei Freunden. Sie waren spät dran. Als sie endlich einen Parkplatz gefunden hatten, war der Bräutigam samt Gesellschaft in die Kathedrale entschwunden, der Platz war leer, die schweren Holztüren wurden gerade geschlossen. Ihr Blick fiel auf den breiten Mittelgang im Innern und das Letzte, das sie erkennen konnten, war eine weiße Braut mit langem Schleier und tiefem Rückenausschnitt auf dem Weg zum Altar. Sie rannten die Treppen hoch. "Mélodie, warte!", rief Hannes, der nicht ertragen konnte, dass sein Schützling alleine zum Altar schritt. Eddas Herz klopfte bis zum Hals. Paul wurde bei Aufregung sowieso immer blass. Nun standen sie vor dem Eingang und konnten kein einziges Wort mehr mit ihr wechseln vor dem großen Moment, der die Weichen für ihre Zukunft stellen sollte, es sei denn, sie machten einen riesigen Aufstand. Ein kurzer entschiedener Blickwechsel, Paul flüsterte "Mach' schon!", Edda nickte zustimmend und Hannes riss den schweren Türgriff knarzend nach unten. Die gesamte Hochzeitsgesellschaft drehte sich nach ihnen um, als Hannes' Handy unvermittelt trällerte. Die Akustik in den hohen Gemäuern war außerordentlich gut. Edda schaute ihn strafend an. Paul lächelte freundlich in die Menge. Hannes öffnete die Nachricht. Sie war von Mélodie. Sie erkannten ein Foto von ihr mit einer alten Frau an einem Strand. Im Hintergrund waren Dünen, Möwen und Flamingos zu sehen. Der Bilduntertitel lautete: *Was willst Du sein? Opfer oder Schöpfer?* Gleich darauf trällerte es ein zweites Mal. Es folgte eine Sprachnachricht von Mélodie. Die drei schauten irritiert aber lächelnd und schlossen leise wieder die Tür. Hektisch hörte Hannes die Nachricht ab:

21. März 2018, 14.04 Uhr
"Alors, es ist die falsche Braut. Ich warte auf euch im Café
Filou an der Promenade des Anglais, Ihr Hübschen."

In ihrer Stimme schwang ein breites Grinsen mit.
Das war zuviel für Eddas nervösen Magen. Spontan
aber ehrfürchtig übergab sie sich hinter einem
Busch neben dem Gotteshaus. Zwanzig Minuten
später standen sie fragend vor dem vereinbarten
Café an der traumhaft schönen Promenade der
Schönen und Reichen, als sie hinter sich eine vertraute Stimme hörten. Auf einem Mäuerchen wartend saß still frohlockend eine junge Frau in Jeans,
barfuß, ungeschminkt und mit offenem Haar. Es
war Mélodie und sie schien sichtlich amüsiert. Sie
beobachtete die Freunde, seit sie aus dem Auto ge-
stiegen waren. Keiner von ihnen bemerkte, dass sie
die ganze Zeit dort gesessen hatte. Hingebungsvoll
vernaschte sie ihr Lieblingseis, Zitronensorbet mit
einem Hauch Zimt.
"Ich habe mir gedacht, ihr beiden solltet vor mir
heiraten.", lachte sie, umarmte Edda und rückte
das Blumenkränzchen zurecht, das noch immer auf
dem zerzausten Lockenkopf der Freundin saß.
Dann schaute sie sie prüfend an. "Vor allem jetzt,
wo du schwanger bist.", stellte sie trocken fest.
Edda stand der Mund offen, Paul wurde wieder
blass und Hannes lachte so herzhaft, dass es in der
endlosen Weite der Promenade zu hören war. Die
vier fielen sich herzlich um den Hals. Dann setzten

121

sie sich ins Café und bestellten drei Tassen Café au lait mit einem Schuss Haselnuss-Sirup und einen Melissentee für Edda. Hannes schaute streng in die Runde. "Na, dann legt mal los.", meinte er trocken. Es bestand Klärungsbedarf. "Einer nach dem anderen. Und mit euch beiden fangen wir an!", forderte er Edda auf, mit den Neuigkeiten herauszurücken. Tatsächlich war Edda schwanger in der neunten Woche, wusste es aber selbst erst seit ein paar Tagen. Sie hoffte bei all der Aufregung auf einen günstigen Moment, um es Paul zu sagen. Doch Übelkeit, Familienrecherche und Reisevorbereitung ließen ihr keine Zeit und so trug sie das kleine Wunder weiter alleine mit sich herum. Nun fühlte sie sich erwischt. "Nicht zu fassen, woran hast du es bemerkt?", fragte sie irritiert. Mélodie strahlte sie an. "Zuerst dachte ich, es liegt an der fehlenden Zahnspange. Aber der Glanz in deinen Augen und der dezente Grünstich in deinem Teint haben dich verraten. Außerdem läufst du jetzt schon wie ein Pinguin." Paul bekam einen Kloß in den Hals und konnte längere Zeit gar nichts sagen. Er lächelte, Edda umarmend, glücklich vor sich hin. Tatsächlich hatten die beiden auf ihrer Balireise beschlossen, noch in diesem Sommer zu heiraten. Das war es, was Edda Mélodie direkt nach ihrer Heimkehr mitteilen wollte.

"Wer war denn die hübsche Braut, und wo hast du sie so schnell hergezaubert?", fragte Paul, nachdem er sich allmählich erholt hatte. Edda verpasste ihm eifersüchtig einen Stoß in die Rippen. "Das war nicht mein Werk. Als ich Walter mitgeteilt habe, dass ich ihn nicht heiraten werde, hat er den freien Termin in der Kathedrale einem befreundeten Paar zur Verfügung gestellt. Die Wartezeiten für ein schlichtes Ja-Wort sind bisweilen lang dort. Und sie waren spontan genug.", antwortete Mélodie.

"Und warum nun doch keine Blitzhochzeit?", fragte Edda und sie machte keinen Hehl aus ihrer Freude darüber.

"Ich gebe zu, es gibt mehrere Gründe.", sie machte eine Kunstpause, um die Spannung zu erhöhen. "Sie heißen Michael, Sebastian, Manfred, Florian..." Frech blitzte sie in die Runde und freute sich, als sie alle nach Luft schnappten. "Quatsch. Ich erzähle euch eines nach dem anderen.", sorgte sie rasch für Entspannung. Mélodie schilderte den Freunden ihre Erlebnisse in der Zeit, als sie alleine war in Freiburg. Von ihrem schicksalhaften Zusammen- treffen mit Carmen bis Marks Trennung in dersel- ben Nacht ließ sie nichts aus. Sie waren die einzi- gen Menschen, die sie wirklich gut kannten. Es war ihr wichtig, dass alle drei in der Lage waren, zu be- greifen, was in ihr vorging.

"Ich spürte nur Wut und Trauer.", fuhr sie aufge- wühlt fort. Doch ganz gleich was sie von nun an er- zählen würde. Die drei saßen entspannt in der Son- ne an einem Strand an der Côte d'Azur. Der Tag war gerettet, die Hochzeit geplatzt. Das war das Wichtigste. Mélodie berichtete schonungslos ehr- lich von ihrem Plan, mit den Männern abzurech- nen, von ihrer Absage an die Liebe, dem Abbruch von Abitur und Studium. Mit den Augen der Freundin betrachtet erschien ihnen alles schlüssig und nachvollziehbar. Beinahe hätten sie selbst die Heirat mit Walter als Wink des Schicksals, als Chance, als Heimkommen in einen sicheren Hafen empfunden.

"Doch auf der Yacht las ich Kurts Brief an Pauline noch einmal durch. Seine Zeilen rückten sie noch weiter in ein selbstgefälliges, egoistisches, ja herzloses Licht. Das konnte ich kaum aushalten. Aber es war vor allem ein Aspekt, der mich nicht losließ. Er schrieb, dass beide Frauen für die Ehe ihre Liebe aufgegeben hatten. Immer wieder ging mir dieser Satz durch den Kopf. Das machte mir Angst.", gab Mélodie zu. Ihr wurde klar, dass weder Pauline noch Fleur aus Liebe geheiratet hatten und, dass beide dabei unglücklich wurden. Diese Erkenntnis jagte ihr einen Schauer über den Rücken. Sie würde das Schicksal ihrer Ahninnen wiederholen. Und das auch noch freiwillig. Der Gedanke ließ sie nicht mehr los. Aufgelöst suchte sie in dem Schuhkarton weiter nach Hinweisen auf Orte, an denen sie vielleicht einen Teil ihrer Familie finden könnte. Sie fand ein paar alte vergilbte Fotografien. Eines zeigte ein Kind auf einem Esel. Auf der Rückseite stand in Paulines Handschrift:

Balaton, 1939, Pauline.

Auf einem weiteren war Pauline als junge Frau neben einer anderen jungen Frau zu erkennen, die sie umarmte. Auf der Rückseite stand mit gleicher Schrift:

Saintes-Maries-de-la-mer, 1958, Pauline & Rose.
Auf einer dritten Fotografie erkannte sie abermals Rose mit einem kleinen Mädchen auf dem Arm. Die Rückseite verriet:

Saintes-Maries-de-la-mer, 1968, Rose & Fleur.
Ihr Herz raste. Rose hieß Fleurs Mutter, soviel wusste sie schon. Sie war Paulines jüngere Schwester. Doch der Hinweis auf die Hauptstadt der Camargue war ihr neu, ebenso die ungarischen Wurzeln von Pauline. Wie konnte sie den Inhalt des Schuhkartons bislang so sträflich vernachlässigen? Als Walter kurz darauf auf die Yacht kam, um mit ihr einen romantischen Abend zu verbringen, empfing sie ihn mit einem Lächeln und tanzte mit ihm ein paar Schritte. Dann erklärte sie ihm mit ehrlicher Ernsthaftigkeit in der Stimme, dass sie ein paar Tage Zeit für sich bräuchte, um ihre Familie zu finden und ein wenig auch sich selbst.

"Das war am späten Abend des 10. März, nachdem ich euch mit meinen Hochzeitsplänen schockiert habe. In meinem Kopf ging es drunter und drüber. Mit nichts als meinen Kleidern am Leib, den Fotos und ein paar persönlichen Habseligkeiten in der Handtasche, stieg ich am nächsten Morgen in den TGV und hatte nur ein Ziel vor Augen: Ich wollte in Saintes-Maries-de-la-mer Hinweise finden auf den Verbleib meiner Mutter. Und was ich dann erlebte, übertraf alles, was ich mir erträumte." Niemand konnte sich ihrer Erzählkunst entziehen, und so weihte sie ihre Liebsten ein in das Geheimnis ihrer Herkunft, während die kühle

Meeresluft eine Ahnung von der Magie des Lebens über ihre Gesichter wehte.

"Alles was ich hatte, waren ein paar Vornamen und alte Fotos. Plötzlich war mir Pauline so nahe. Ich erinnerte ich mich an ihren Rat, mich im Leben auf das zu konzentrieren, was ich wirklich wollte. So richtete ich meinen ganzen Fokus auf das Auffinden meiner Familie. Ich genoss jede Minute der Fahrt. Dort ist einfach alles zum Verlieben. Die Landschaft, die Flamingos, die Pferde, der Wind, das Licht und die Menschen. Als ich aus dem Zug stieg hatte ich einen Plan, in welchen Vierteln der zauberhaften Kleinstadt ich zuerst nach meinen Manouches Ausschau halten würde."

"Wie kamst du auf die Manouches?", fragte Edda. Paul sang "Zigeunermädchen, Zigeunermädchen..." und grinste frech. Edda verpasste ihm einen Tritt ans Schienbein und Hannes dachte wehmütig an Jugendtage zurück.

"Ich ahnte es, als ich Kurts Brief gelesen hatte. Paulines Flucht und die Vertreibung im Zweiten Weltkrieg, die verschiedenen Länder, in denen sie lebte mit ihrer Familie, all das legte nahe, dass sie einer unterdrückten Minderheit angehörte. Außerdem schien es in meiner Familie üblich zu sein, Ehen zu schließen, die nicht die Idee des Brautpaares waren. Sicher war ich mir aber erst, als ich das Foto vom Plattensee fand." Sie schilderte, wie sie in den Gassen der kleinen Hafenstadt umherirrte und Menschen befragte. "Dann stand plötzlich ein Junge vor mir und starrte mich an. Er fragte 'Rose? Tu cherches Rose? C'est la grandmère.' Ich frage ihn, ob er auch Fleur kenne und er antwortete 'Non. Viens!' Eilig lief er mit mir durch eine schmale Gasse mit zahlreichen Oleandern neben den Eingangstüren der Häuser. Ich folgte ihm mit gemischten Gefühlen, immer darauf vorbereitet, dass es unzählige Roses geben würde und es sich um einen Irrtum handeln könnte. Aus allen Richtungen hörte ich reges Treiben, Musik, das Rufen von Müttern und Lachen von Kindern. Aus den Häusern duftete es nach Kräutern und Selbstgekochtem. Zwei Minuten später fand ich mich in einem Innenhof wieder. Der Junge meinte 'C'est ici.', und deutete in die Richtung einer Hintertüre, die offenstand. Er machte mir Mut, hineinzugehen. Ich setzte einen Fuß in die Tür und stand inmitten einer alten Wohnküche. Vertraute Gerüche stiegen mir in die Nase. Ich wusste von der ersten Sekunde, dass ich hier richtig war. Diesen Ort kannte ich. Und da saß sie. Sie trug eine Küchenschürze und ihr Haar war zu einem Knoten hochgebunden wie auf dem Foto. Nur kleiner wirkte sie und ihr Haar war ergraut. Meine Großmutter Rose. Sie schaute mich an. Für einen Moment wurden ihre müden Augen groß und ich hatte das Gefühl, die Zeit stünde still. Ich weiß nicht wie lange wir uns reglos angeschaut haben. Dann sagte sie in gebrochenem französisch: 'Mélodie! Du bist es. Du bist es wirklich. Ich wusste, dass du heimkommst.' Es gab kein Halten mehr für mich. Ich umarmte sie. Dann legte ich meinen Kopf auf ihre Knie und schluchzte hemmungslos. Für eine Weile weinten wir gemeinsam. Dann sang sie *'Ust'i mamo, liebste Mama'*, das Lied meiner Kindheit und ich hatte das Gefühl, nirgendwo auf der Welt besser aufgehoben zu sein in diesem Moment als im Schoße meiner Großmutter. Alles an ihr war mir vertraut, ihr sanfter Blick, ihr Geruch, ihre Stimme. Mein Unterbewusstsein hatte jedes Detail abgespeichert. Als sie das Lied anstimmte kam ein Kind nach dem anderen zu den Türen herein. Sie scharten sich auf dem Küchenboden um uns herum und sangen mit. Während der Strophen summten sie und beim Refrain stimmten wir gemeinsam ein: *'Bo me som tumari, tumari,... denn ich gehör' nur zu dir, ach, Mama, schau doch zu mir, Dein Romamädchen vermisst dich sehr, mein Herz ist schwer.'* Ich war angekommen. Hier war der Ort, an dem ich das Lied meiner Kindheit erlernte. Hier war mein Ursprung. Ich konnte mein Glück nicht fassen. Meine Familie war all die Jahre da gewesen. Und es war so leicht, sie zu finden."

Mélodie unterbrach ihre Ausführungen, um Edda ein Taschentuch zu reichen und bestellte einen Krug Zitronenwasser mit Eis. Dann fuhr sie fort. "Es war Mittagszeit. Um den langen Esstisch saßen neun Enkelkinder und drei Urenkel von Rose im Alter zwischen fünf und achtundzwanzig Jahren. Sie alle sind meine Cousins und Cousinen. Ich bin nicht das älteste Enkelkind, aber das einzige ihrer erstgeborenen Tochter Fleur. Außerdem lernte ich ihre anderen beiden Töchter Alisz und Felicia und ihren jüngsten Sohn Adriàn mit seiner Frau kennen. Ich hatte also noch zwei Tanten und einen Onkel. Mein Magen war wie zugeschnürt, aber ich aß Halászle, eine Fischsuppe mit Paprika-Kartoffeln und einen unfassbar leckeren Nachtisch, der süßer war, als alles was ich kannte und dessen Namen ich mir nicht merken konnte. Ich war überwältigt von der Herzlichkeit dieser Menschen, die mich alle zu kennen schienen. Die kleine Antoanetta mit ihren langen schwarzen Zöpfen erinnerte mich an mich selbst. Sie strich der Großmutter über die Wangen und meinte: 'Siehst du Großmama, es ist wie du es immer gesagt hast. Es findet zusammen, was zusammen gehört. Und jetzt ist sie da, deine Mélodie.' Es war, als hätten sie auf mich gewartet und nie daran gezweifelt, dass es so kommen würde. Alle redeten laut durcheinander, fragten mich Belanglosigkeiten. Doch niemand erwähnte meine Eltern. Ohne Absprache waren sie Tabu. Die Kinder deckten den Tisch ab und die Frauen begannen mit dem Abwasch. Der Raum leerte sich wieder, als plötzlich ein Mann um die sechzig an der Türe stand, die zum Innenhof führte. Für einen Moment herrschte Totenstille in der Küche. Sein Anblick ließ mir den Atem stocken. Er schaute mich an, riss die Augen auf und ging sichtlich ergriffen und wortlos wieder. Fragend blickte ich zu Rose. Sie nickte beschwichtigend und meinte 'Später, Liebes.' Kurz darauf waren wir beide wieder allein in der Küche."

Die Freunde merkten Mélodie an, dass ihre Schilderungen sie Kraft kosteten. Gelegentlich nahm Mélodie einen Schluck Wasser, dann schwiegen sie gemeinsam für einige Augenblicke. Hannes wirkte gedankenverloren.

"Wir wussten nicht, womit wir anfangen sollten. Uns beiden war klar, dass wir Einiges zu bereden hatten und, dass Manches davon weh tun würde. Doch unser Schweigen hatte etwas Heilsames, Tröstendes. Einverständnis verband uns in diesen Momenten und erinnerte mich unwillkürlich an das Band zwischen Pauline und mir. Dass ihre große Schwester nicht mehr lebte, wusste Rose in dem Moment, als sie mich in der Türe stehen sah. Geahnt hatte sie es schon seit Langem. 'Wann ist Pauline gestorben?', fragte sie unvermittelt. 'Vor zwei Jahren.', antwortete ich knapp. Tränen stiegen ihr in die Augen. 'Sie war eine Rebellin, mutiger als wir alle zusammen.', bemerkte sie kurz. Dann wollte sie möglichst viel über mich und mein bisheriges Leben erfahren. Ich fasste mich kurz. Ich konnte mich nicht mehr länger zurückhalten. Ich fragte sie nach meiner Mutter, ob sie noch lebe, warum sie mich fortgab, nach meinem Vater und nach dem Mann an der Tür. Die Fragen platzten ungefiltert aus mir heraus. So viele Jahre wartete ich auf diesen Moment ohne zu wissen, ob ich je Antworten bekäme, und nun war er da. Neugier mischte sich mit Angst. 'Langsam, mein Liebes. Langsam. Du hast so viel von deiner Mutter. Zügle dein Temperament. Wir haben alle Zeit dieser Welt.', sagte sie zu mir und setzte, wie konnte es anders sein, Teewasser auf. Ich musste einfach grinsen."

"Klar." Hannes schmunzelte. "Familienbande.", bemerkte er süffisant und erinnerte sich an die Nacht mit Mélodie, in der sie dasselbe tat, ehe sie ihm das erste Mal aus ihrem Leben erzählte.

"Im Laufe des Nachmittages lernte ich die Geschichte meiner Familie mit den Augen meiner Großmutter kennen. Ich erfuhr, dass wir aus Ungarn stammten und jahrzehntelang von Land zu Land zogen, ehe wir in Frankreich ein Zuhause fanden. Das war im Jahr 1941. Wir lebten oft in der Nähe von Gewässern. Sie erzählte mir von unseren Traditionen, von Handwerk und Straßenkunst, von Werten und unserem Glauben, vom Zusammenhalt der Familien, von Flucht und Vertreibung, von Opfern und Tätern, von der Rolle des Mannes und den Aufgaben der Frau in unserer Gemeinschaft. Die Leidenschaft, mit der sie mir unsere Kultur in bunten Farben schilderte und der Stolz in ihrer Stimme verriet die Liebe, die sie für unser Volk empfindet, und ich fühlte mich zutiefst damit verbunden. Ich hing an ihren Lippen wie ein kleines Kind, dem Geschichten von Helden und Königreichen erzählt wurden. Nur waren diese Geschichten wahr. Leidvolles und Wunderbares hatte sie erlebt und von allem mehr als genug für mehrere Leben."

"Und Fleur?", fragte Hannes zögernd.

"Rose hat sie schon seit über zwei Jahren nicht mehr gesehen. Früher kam Fleur von Zeit zu Zeit in die Stadt und besuchte Großmutter heimlich. Wenn Rose auf den Friedhof ging, um das Grab meines Großvaters zu pflegen, stand sie manchmal plötzlich da. Mutter und Tochter verbrachten ein oder zwei Stunden miteinander in verborgenen Winkeln, dann verschwand sie ebenso leise wie sie kam und Großmutter kehrte Nachhause zurück, als wäre nichts gewesen. Niemand sollte etwas von ihren Treffen erfahren."

Fleur versteckte sich ihr halbes Leben lang. Nicht nur vor ihrer Tochter, das wurde Mélodie klar. Die Gründe erschlossen sich ihr nach und nach an jenem Nachmittag am Küchentisch der Großmutter. Sie schilderte mit glänzenden Augen und zitternder Stimme Roses Ausführungen. Sie erfuhr, dass Fleur wie alle Mädchen ihrer Sippe damals nicht zur Schule ging und im Alter von sechzehn Jahren den Sohn einer befreundeten Familie heiratete, den sie nicht liebte. Er hieß Vince. Vince vergötterte Fleur, spürte aber ihre Ablehnung. Die Ehe blieb viele Jahre kinderlos. Als Fleur eines Tages ihre Schwangerschaft nicht länger verbergen konnte, wusste Vince, dass es nicht sein Kind sein konnte, das sie unter ihrem Herzen trug. Zu lange schon hatte sie sich ihm entzogen. Fleur hatte sich verliebt in einen jungen Mann, dessen Identität sie aus Angst vor der Reaktion ihres Mannes niemandem preisgab, nicht einmal ihrer Mutter. Dieses Glück sollte ihr niemand nehmen können. Sie bat ihre Mutter um Rat. Rose riet ihr, sich für ihr Kind und für ihren Ehemann zu entscheiden. Alles andere würde sich fügen. Vince hatte die aufrichtige Absicht, sich Mélodie anzunehmen und ihr ein guter Vater zu sein. Zumindest versuchte er es. Doch mit jeder Abweisung seiner Frau wuchs der Zorn auf das kleine Mädchen, das ihm täglich Fleurs Verrat ins Gesicht lächelte. Mit jedem Jahr wuchs das Band zwischen Mutter und Kind und das Seinige zerriss endgültig, als für Jedermann ersichtlich war, dass Mélodie so ganz und gar keine Ähnlichkeit mit ihm hatte. Viel zu grün waren ihre Augen, viel zu hell war ihr Teint. Der Spott seiner Brüder schürte seinen Zorn.

"Dann war das Vince, der während des Mittagessens wie versteinert an der Türe stand?", fragte Paul. Mélodie bejahte.

"Er erkannte mich sofort. Sein Gesicht war schmerzverzerrt. Ich erinnerte ihn an meine Mutter. Bis heute ist er allein geblieben. Ich glaube, er hat nie aufgehört, sie zu lieben. Und Fleur hatte nie verwunden, dass sie sich nicht für meinen Vater entschied. Rose meint, dass sie keinen anderen je so liebte wie ihn." Hannes bestellte einen doppelten Pastis und beantwortete Mélodies vorwurfsvollen Blick mit einem Achselzucken. Sie konnte es einfach nicht lassen, ihn zu rügen, wenn er seinen Lastern frönte.

"Eine Tragödie. Was ist aus deinem biologischen Vater geworden?", wollte Edda wissen.

"Das weiß niemand. Nicht einmal Fleur. Rose fragte sie oft nach ihm. Je mehr meiner Mutter klar wurde, dass ihre Ehe eine Sackgasse war, desto größer wurde ihre Sorge um mich."

"Sie hätte mit dir weggehen können!", meinte Edda.

"Das habe ich auch gesagt. Aber Großmutter meinte nur: 'Wie denn? Deine Mutter konnte weder Lesen noch Schreiben, sie hatte keinen Beruf. Wovon hättet ihr Leben sollen?' Da begann ich endlich zu begreifen." Mélodies Stimme wurde dünn. Ihr Herz war wie zugeschnürt, als sie sich die Not ihrer Mutter vor Augen führte. Fleur wollte ihr Kind um jeden Preis schützen vor dem tosenden Zorn ihres Ehemannes und der Schmach, die Fleur über ihre Familie gebracht hatte, auch wenn es bedeutete, dass sie es hergeben musste. Tränen überzogen ihre Wangen am Strandcafé in Nizza als sie diesen Teil der Geschichte wiederholte.

"Sie wollte dich vor deinem Stiefvater schützen UND vor einem ähnlichen Schicksal.", bemerkte Paul.

"Ja. Es war Roses Idee, mich in Paulines Obhut in den Schwarzwald zu geben. Sie kannte ihre Schwester. In den Augen der Familie war sie eine Abtrünnige, weil sie ihren Ehemann und die Familie verlassen hatte. Das war damals undenkbar. Doch in Roses Augen war sie eine Heldin. Ihre große Schwester hatte das Glück, von Kurt Lesen und Schreiben gelernt zu haben. Ihre Klugheit, ihre Neugier und ihr Heilwissen waren ihr Kapital, und so fand sie den Mut zu fliehen. Ein Jahr nach ihrer Abtreibung verließ sie die Familie 1963 und flüchtete von Frankreich nach Tschechien. Damals war sie 28. Sie erlebte Einsamkeit, Ausgrenzung, jede Hoffnung auf ein Kind wurde ihr mit Gewalt genommen und ihr Liebesglück kehrte nicht zu ihr zurück. Doch sie war frei und führte ein selbstbestimmtes Leben. Das versöhnte sie mit so mancher

Entbehrung. Im Schwarzwald fand sie ihr Zuhause. Hier fühlte sie sich ihrem Liebsten nahe, auch wenn er weit entfernt war. Und dann kam ich in ihr Leben.

"Ein Glücksfall?", fragte Edda provokant.

"Ein Glücksfall und eine Herausforderung.", erwiderte Mélodie ohne Unterton.

"Warum hat sie dich nicht hergegeben, als Fleur dich abholen wollte?", hakte Paul nach.

"Diese Frage brannte mir seit meiner Begegnung mit Carmen auf der Seele und Rose gab mir die Antwort. Eigentlich sollte ich nur vorübergehend bei Pauline untergebracht werden, bis meine Mutter ihr Leben geordnet hätte und mich abholen konnte. Als sie eineinhalb Jahre später wieder in Berghausen stand, um mich mitzunehmen, reagierte Pauline ungehalten. Sie wusste, dass Fleur sich getrennt hatte von ihrem Mann. So weit so gut. Sie wusste aber auch, dass Fleur seither in Paris lebte. Sie arbeitete als Tänzerin in verschiedenen Nachtclubs. In Paulines Augen war das kein Umfeld, in dem ein Mädchen groß werden sollte. Außerdem konnte Fleur noch immer nicht lesen und schreiben. Ehe sie mir nicht ein vernünftiges Zuhause und eine gute Schule bieten könne, bräuchte sie sich nicht mehr blicken zu lassen. Meine Mutter war verzweifelt. Es vergingen weitere sieben Jahre, bis sie in der Lage war, Paulines Bedingungen zu erfüllen. Doch als sie sah, wie glücklich ich war in meinem See und den Wäldern um Berghausen, entschied sie, mich bei Pauline aufwachsen zu lassen.

Großmutter meinte, sie gab mich frei und hoffte, dass ihre Zeit mit mir noch kommen würde." Alle vier seufzten. Dann fuhr Mélodie fort: "Es war, als würde mir jemand eine Zentnerlast von der Seele nehmen. Fleur war mit ihrem Herzen immer bei mir. Ich offenbarte Rose meinen Zorn auf ihre Schwester, der mich seit meinem Treffen mit Carmen begleitete. Und sie erwiderte mit einem Lächeln: 'Alors, ma chérie. Sie hat dich zweisprachig erzogen, nicht wahr? Sie wollte dir ermöglichen, heimzukehren. Hierher, zu deiner Familie und zu deiner Mutter, wenn die Zeit gekommen ist.' Sie sprach so voller Liebe von Pauline. Das könnt ihr euch nicht vorstellen. Ich war versöhnt. Nicht nur mit Fleur. Auch mit Pauline. Sie war immer der Mensch, für den ich sie von klein auf hielt. Vor Erleichterung fing ich laut an zu lachen. Ich lachte hysterisch und dann weinte ich."

Edda schluchzte laut auf. Mélodie reichte ihr das zweite Taschentuch und verteilte noch weitere an Paul und Hannes. Sie waren die ganze Zeit tapfer. Aber nun war es vorbei mit ihrer Fassung. "Was für eine Geschichte. Kann nur das Leben schreiben, sowas.", stammelte Hannes und schnäuzte lautstark.

"Aber warum hat Pauline so ein Geheimnis aus deiner Herkunft gemacht?", fragte Paul, nach einer Weile.

"Ich glaube, sie war von ihrem Leben so geprägt, dass ihr Wunsch, mich zu beschützen etwas außer Kontrolle geraten war. Sie hatte nicht realisiert, dass die Zeiten sich geändert haben. Unsere Gemeinschaften dürfen heute an vielen Orten in Frieden leben. Ihr muss auch entgangen sein, dass Ehen durchaus glücklich sein können, egal aus welchem Grund sie geschlossen werden oder, dass Mädchen Schulen besuchen auch jenseits von Berghausen. Sie war nunmal eine alte schrullige Frau.", schloss Mélodie mit einem zärtlichen Lächeln auf den Lippen.

"Wann triffst du deine Mutter?", platzte Edda heraus. Mélodies Miene verfinsterte sich. "Das weiß der Wind. Niemand kann mir sagen, wo sie lebt. Auch Rose nicht. An keinem Ort blieb sie bisher länger als zwei Jahre. Sie ist noch immer auf der Flucht."

"Mancher Schatten vergangener Tage holt uns ein, wenn wir es zulassen. Eigentlich läuft sie vor sich selbst davon.", meinte Hannes unvermittelt und allen war in diesem Moment klar, dass er nicht nur von Fleur sprach.

"Und sie scheint immer aufzutauchen, wenn man sie am wenigsten erwartet.", versuchte Paul die Stimmung wieder zu heben. Es stimmte. Wenn sie sich bei Rose melden konnte, konnte sie auch Mélodie finden, wenn sie es wollte. Dieser Gedanke war tröstlich.

"Und nun?", fragte Hannes. "Wie geht deine Geschichte nun weiter?"

Mélodie zuckte fragend die Achseln."Ich schaue, was das Leben zu bieten hat. Walter weiß, dass ich nicht zu ihm zurückkommen werde."

"Ich wusste es. Wir haben dich wachgerüttelt,

stimmts?", strahlte Edda.

"Ganz im Gegenteil. Du hättest fast eine Trotzreaktion bei mir ausgelöst und mich erst recht in seine Arme getrieben. Ich fühlte mich wie eine pubertierende Vierzehnjährige." Sie grinste frech und Edda schluckte. Dann fuhr sie fort: "Es war Rose, die den Ausschlag gab. Ich erzählte ihr von meinem Liebeskummer mit Mark und von Walters Antrag. Sie schwieg kurz. Dann ließ sie mich eine ihrer Karten ziehen. Die haben immer recht, meinte sie. Darauf stand: 'Was willst du sein, Opfer oder Schöpfer?' Sie sagte kein Wort dazu. Wir wechselten nur Blicke. Den Rest des Tages verbrachten wir damit, Vorbereitungen für ein Frühlingsfest zu treffen. Und dann erlebte ich einen wundervollen Abend an einem Lagerfeuer mit lachenden, essenden, plaudernden und tanzenden Menschen. In einem ruhigen Moment suchte ich Vince auf. Ich hatte nicht vor, mich vor ihm zu verstecken. Ich sagte ihm, dass es mir leid tue, was ihm widerfahren sei. Da hat er mich umarmt. Einfach so, dann ging er. Als ich am nächsten Morgen im Zug Richtung Nizza saß, hatte ich die Botschaft der Karte verstanden: Ich will selbst Autorin meiner Lebensgeschichte sein. Wir alle haben diese Freiheit, wenn wir sie uns nehmen."

"Was für eine Erkenntnis." Hannes' Augen glänzten. Das war seine Mélodie.

"Und was spricht dein Schöpfergeist? Nimmst du dein Glück in die Hand? Wirst du dich bei Mark melden?", nun klang Eddas Stimme etwas kleinlaut.

"Das hast Du ja schon getan! Nun schau' nicht so. Es ist okay. Hätte ich an deiner Stelle auch gemacht. Mark hat mir geschrieben. Gestern. Er wünsche mir Glück für meine Zukunft. Ein bisschen zynisch aus seinem Munde, findest du nicht?", fragte sie in aufgesetzt gleichgültigem Ton. Edda umarmte sie zum Troste. Dann fügte Mélodie strahlend hinzu: "Und... er könne sich vorstellen ein Teil dieser Zukunft zu sein, zu einer vereinbarten Zeit an einem vereinbarten Ort." Edda schrie auf vor Freude. "Hörst du wohl auf deine schwangere Freundin ständig zu schockieren? Ich hab' jetzt Schonzeit."

Mehr Schicksalhaftes an einem Nachmittag konnte keiner der Vier verkraften. Sie genossen den frischen Wind in den Haaren und die Sonne, die sich hinter ihnen herabsenkte, um den Tag der fordernden Dämmerung zu überlassen. Je länger ihre Schatten wurden, desto mehr versank jeder in seinen eigenen Gedanken. Paul tauschte seinen Mini in einen Familienvan ein, Edda gestaltete ein Kinderzimmer, Mélodie entwarf diverse Lebensmodelle. Und wo Hannes gerade unterwegs war, das ahnte niemand.

21. März, 23.51 Uhr
Kann nicht einschlafen, Süße. Eines beschäftigt mich echt....

22. März, 23.56 Uhr
Was ist los?

22. März, 23.58 Uhr
Nicht, dass es wichtig wäre... Nur für mich zum Verständnis: Hast du nun oder hast du nicht...? Mit den vielen Männern meine ich...

23. März, 0.01 Uhr
Was glaubst du? - Schlaf jetzt, Mutti!

Wieder in Freiburg angekommen, stand Mélodie einmal mehr in ihrem Leben vor einem Scheideweg. Ihr Leben schrie nach Veränderung, Entscheidungen klopften fragend an ihre Tür. Es war Zeit, die Dinge zu ordnen. Mark und sie wollten ihr Wiedersehen behutsam angehen. Zaghaft pflegten sie erste zärtliche Kontakte, schrieben sich klärende Zeilen oder telefonierten miteinander. Sie wollten nichts überstürzen. Was ihre berufliche Zukunft anging, so fühlte sie sich befreit. Rose hatte ihr von einer Cousine erzählt, die im Süden Frankreichs erfolgreich als Heilerin praktizierte. Damit fiel eine Bürde von ihr ab. Sie musste sich für das Erbe ihrer Ahninnen nicht länger verantwortlich fühlen. In ihrem Innersten wusste sie schon lange, dass sie diesen Weg aus purem Pflichtbewusstsein gegangen war. Kein Wunder war er voller Hürden. Wer weiß, vielleicht würde sie Lehrerin werden, Kinderbuchautorin oder Anwältin für Menschenrechte. Diese Gedankenspiele bereiteten ihr Vergnügen. Sie zog verschiedenste Möglichkeiten in Betracht, um ein Gespür zu bekommen, welches ihr Weg sein könnte. Vorsichtig baute sie Mark in die eine oder andere Vision mit ein und variierte die Bedeutsamkeit seiner künftigen Rolle. So lebte sie von ihren letzten Ersparnissen und genoss jede stille Minute, um sich ihre Zukunft in ihren schönsten Farben auszumalen. Sie musste herausfinden was sie vom Leben erwartete. Nur so konnte sie vom Universum eine klare Antwort bekommen. Vielleicht war dies die wichtigste aller Erkenntnisse seit Paulines Tod.

Zum Ordnen der Dinge gehörte auch ihre Hütte in Berghausen. Mélodie wollte sich verabschieden und machte sich auf den Weg dorthin. Mittlerweile war es April geworden. Die Zugvögel waren zurückgekehrt, stießen ihre Paarungsrufe aus und bauten ihre Nester. "Wir sehn uns.", rief sie den alten Freunden gen Himmel und ein breites Grinsen huschte über ihr Gesicht. In einer ruhigen Mondnacht saß sie mit Hannes wie früher auf dem Steg am See und plauderte mit ihm über alte Zeiten. Das erste Mal in diesem Jahr hörte sie den nächtlichen Ruf einer alten Vertrauten. Die Nachtigall sang versonnen ihr Lied. Heimkehr hatte viele Gesichter. Für Mélodie war sie mehr ein Lebensgefühl denn ein Ort.

Erinnerungen stiegen auf, als sich das Mondlicht im See widerspiegelte. Versonnen betrachtete sie das Bild ihrer Mutter auf der Wasseroberfläche. "Mélodie, mon amour.", hörte sie wieder ihr Flüstern. Sie war so in sich versunken, dass sie nicht bemerkte, dass Hannes längst aufgestanden war. Er stand in einiger Entfernung am Ufer, als sich eine Hand auf ihre Schulter legte. Mélodie hielt den Atem an. Sie wagte nicht, sich umzudrehen. Sie wagte kaum zu hoffen.

"Liebste Mama, schau doch zu mir...", summte sie ihr Kinderlied mit geschlossenen Augen.

"...denn ich gehör' nur zu dir, zu dir...", antwortete singend eine zweite, dunklere Stimme hinter ihr. Und dann gab es keinen Zweifel. Sie öffnete die Augen. Im Mondlicht spiegelte sich eine Silhouette, die sich mit der ihrigen verband. Mélodies Herz klopfte bis zum Hals. Langsam drehte sie sich um und sah in zwei weit geöffnete schwarze Augen, die ihr bis auf den Grund ihrer Seele schauten. Leibhaftig stand sie vor ihr, als wäre sie immer da gewesen. Fleur. Verflogen waren die Jahre der Sehnsucht, vergessen die Wut und Verzweiflung.

Vertrautheit füllte die Abendstille. Es war das unsichtbare Band zweier Seelen, das jenseits von Raum und Zeit allgegenwärtig war. Sie streckte ihrer Tochter das Amulett entgegen und legte es ihr um den Hals. Ihre Hände zitterten. "Schutz und Erkenntnis für dich, mein Liebes ... Verzeih'.", sprach sie mit gebrochener Stimme. Heimkehr hatte wirklich viele Gesichter. Sie fassten einander die Hände, als hätten sie Angst, sich auf dem Steg zu verlieren.

Es waren diese Momente, die das Leben reich machten. Momente, die Seelenlandschaften in eine Wüste oder in ein Paradies verwandeln konnten. Mélodie entschied sich für das Paradies. Sie kehrten zum Ufer zurück. Hannes erwartete sie mit einer Kanne duftendem Tee und einem nie da gewesenen Glanz in seinen Augen.

Bald darauf stand die Hütte in Berghausen leer. Zweimal im Jahr aber wurde sie von einer Schar feuriger Kinder belebt, die dort die Ferien verbrachten. Es wurde um Lagerfeuer getanzt, gebadet, gelacht, gekocht, gesungen und Geschichten aus fernen Ländern erzählt. Das gesamte Dorf schien lebendiger in diesen Tagen und hieß die Kinder willkommen. Und es grassierten wieder allerhand Gerüchte. Über Hannes und seine neue geheimnisvolle Liebe, die von weit herkäme und eine fragwürdige Vergangenheit hätte.

Und Mélodie? Nun, sie wurde zur Pendlerin zwischen den Welten. Die Sommer verbrachte sie in Freiburg und die Winter im sonnigen Süden Frankreichs. Sie sei überall dort Zuhause, wo sie sich frei fühlte und Herzensmenschen traf. Und sie habe ihre Passion gefunden: Sie sammele Geschichten wie andere Leute Rezepte, um der Welt davon zu erzählen. Aber die Leute in Berghausen redeten viel, wenn der Tag lang war. Wer weiß schon, was davon wahr ist.

* * *